出门买蛋去

卵を買いに

[日] 小川糸 ◎ 著

李诺 ◎ 译

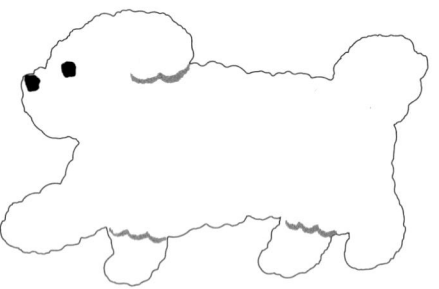

目录

卵を買いに

1月10日	期间限定	001
1月11日	夜咖啡	005
1月15日	饭团和馒头	009
1月16日	野猫的饲养方法	013
1月19日	表参道 盐味饭团	018
2月1日	有关幕后	022
2月5日	那当然是啤酒	026
2月10日	暖乎乎	030
2月17日	呃……这	034
2月20日	澡堂事件簿	038
3月3日	炒面的○○	042
3月6日	奔跑吧，由利乃！奔跑！	046

3月8日 旧和服	051
3月18日 伊势乌冬面	053
3月23日 时尚达人	058
3月31日 小小的《蝴蝶结》	062
4月6日 春雨	064
4月10日 四百日元	068
4月15日 鸡蛋三明治	072
4月25日 终于到了恋爱的季节	075
5月3日 野菜宴	079
5月7日 由利乃汉堡肉	082
5月16日 出门买蛋去	087
5月18日 品味余韵	092
5月26日 黄金周二	096

5月30日 防暑对策	101
6月10日 浴衣	105
6月13日 室友	110
6月27日 釜饭	115
7月7日 前往拉脱维亚	119
7月8日 极昼	122
7月10日 拉特加莱	126
7月13日 歌舞节	131
7月16日 我又来啦！	137
7月19日 歌声的革命	140
7月20日 在芬兰	146
7月21日 世事难料	152
7月22日 合理的	160

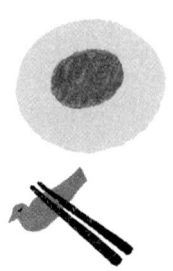

7月23日 周末的心情	167
7月27日 石之意志	172
7月30日 EIS派对	179
8月3日 向北、向北	184
8月6日 羊蹄山	188
8月11日 普通的咖喱	192
8月20日 昆布和秋日天空	196
8月30日 回国	200
9月9日 365天	205
9月17日 无、无无、无	209
9月23日 初见蜻蜓	213
9月28日 把灯关上	218
10月8日 来自拉脱维亚	223

10月16日 葡萄干黄油夹心饼干	227
10月18日 柿子	230
10月31日 读书之秋	235
11月8日 肉——干——！	238
11月14日 《周二的裙子》	243
11月19日 《这样就很幸福了》	248
11月30日 纪念照	252
12月6日 拉脱维亚之夜	256
12月10日 一周	261
12月17日 收尾的汤	265
12月25日 香橙	269
12月31日 开朗地、健康地	273

出门买蛋去

卵を買いに

1月10日

期间限定

新年伊始，企鹅便跑去了海外。

而我这段时间住在表参道。当然，是和由利乃一起。

我决定展开住房改造的续集。

昨天，这次小小的搬家行动结束了。

我把由利乃带去了动物医院，拿了治疗肚子上的皮疹的药，坐上出租车去了市中心。

要搬的物件只有两个行李箱那么多，其中一个装的是由利乃的狗粮和尿片，所以我的行李只有一箱。

我真的就只装了那些我最需要的东西。

心情，就像一场小小的旅行。闪闪发光的公寓生活，现在开始。

正月[1]，我什么都没有准备。不过，可鲁的主人家寄来了中国风的年菜，还给我寄来了和风的年菜。

真没想到呀，我打开盖子一看，今年正月的菜单一下子变得比过去任何一年都要豪华。

虽然以前我给别人送过年菜，但是很少收到别人送的年菜。

看来感冒也不是一件坏事。

要是我对这种新年的过法上瘾了怎么办。

由利乃还是小宝宝的时候，我带它去过一次表参道。

但是它似乎一点儿也不记得了，下了出租车就一屁股坐在了地上。

---

1. 日本正月为公历的1月。——译者注（本书注释如无特殊说明，均为译者注）

我本想让它习惯一下周围的环境，带它去散步，没想到它每走五步就停下，往地上一坐。

　　看来初来乍到让它有些紧张。

　　昨天连厕所都没好好上。

　　今天开始，我决定让它一点一点适应这里的环境，等我们搬回家的时候，最起码也要让由利乃能在表参道上大大方方地走路才行。

　　虽说只有短短几周的时间，但是住在表参道，那可是人生的一件大事。

　　我在国外倒是长租，过公寓生活，但在日本国内很少有这样的机会。

　　手里的工作可以放一放，这次我可得让自己好好地享受一下表参道公寓生活。

　　把行李都拿出来以后，行李箱成了由利乃暂时的"居所"。

　　看样子它睡得还挺惬意的。

为了有朝一日能够一起去柏林,像现在这样积攒经验也是十分重要的。

今年,也还请多多指教!

1月11日

夜咖啡

由利乃出现在我的梦里。

在我记忆中,这还是第一次。

我梦见的不是处于小宝宝时期的由利乃,而是和现在一样的个头,和现实生活中一样肉乎乎的由利乃。

我一边和几个熟人聊天,一边用左手不停地抚摸它。

由利乃已经渗透到我潜意识的世界之中了,这一点让我很高兴。

虽然彼此之间还有许多不得不跨越的障碍,但我一直幻想着有一天让由利乃做心理治疗犬。

为此我们还得做很多很多的训练，我也要学很多东西。

不过我觉得由利乃特别愿意亲近人，特别适合做心理治疗犬。

如果有一天我能带着由利乃一起去儿童福利院的话，那一定挺不错的。

由利乃可以成为孩子们新的家庭成员，而且我相信它可以向孩子们传达某种难以用语言传达的东西。

这就是我未来某一天要实现的远大目标。

醒来的我，在被子里这么迷迷糊糊地思考着。

今天傍晚，我去听了小提琴家金子飞鸟的现场演奏会。

因为地点就在家附近，一时兴起的我真是赚到了。

晚餐吃的是演奏会上提供的宇宙便当。

演奏会本身和我想象的有些不同，给人一种相当前卫的感觉。

把小提琴演奏和诗朗诵结合在了一起，还用上了扬声器，全是意想不到的元素。

不过，演出效果还挺不错的。

有一种我心里那扇顽固的、怎么也撬不开的门，忽然被一阵轻风一下子推开的感觉。

演奏会结束之后，我去附近的咖啡店喝了咖啡。

我这个人对咖啡因比较敏感，我一般不会在中午过后喝咖啡、红茶。

所以我上一次晚上喝咖啡，都不知道是几年前的事情了。

那家咖啡店是我学生时代交往的人带我去的。

第一次去的时候是二十年前，而如今，店里的氛围居然一点儿没变，真是神奇。

回家的路上，我忽然有一种像是在国外的街头漫步的不可思议的感觉。

这条路我不知道已经走过多少次了，此刻却有一种第一次走在这条路上的、非日常的梦幻感从我脚底涌上来。

不知道是不是因为我在夜里喝了咖啡，又或许，是因为我今天有种旅行的心情，所以才在夜里喝了咖啡？

我自己也说不清，但是挺奇怪的。

回到家一打开门，由利乃马上凑到了我的身边，钻到了我两腿之间。

这是它第一次在表参道看家，可能有一些小小的不安吧。

我上网搜了一下，发现在这附近有几家可以带狗狗进去的咖啡店，下次散步的时候可以顺道去看看。

由利乃现在散步也越来越听话了。

1月15日

饭团和馒头

虽然这里是表参道,但是只要往小巷子里一钻,里面也不过是住宅区罢了。

里面既有豆腐店,也有澡堂。

晾衣竿上,大大落落地晒着一家老小的衣物。

如果是往常的话,不下定决心坐一趟电车就没法到这里来,可是现在走几步路就到了,想想就开心。

而且最棒的是还能带上由利乃一起。

比如，前天中午去的饭团店。

我老早就想去了，可一直都找不到机会。

带由利乃散步的时候，顺便朝这个方向走走看，结果没走几步就到了，我还以为得再多走上一段路才能到呢。

本来是打算来这里买便当回去吃的，店家告诉我，带狗狗的客人可以坐在室外用餐。

店家利索地帮我在店外摆了一张桌子。

看着展示柜里的饭团，我这个也想吃，那个也想吃。我点了一个鲑鱼馅儿的玄米饭团、一个裹腌青菜的烤饭团，以及小菜套餐和味噌汤。

从大路往小路上走几步，就是这家店了。没想到在这附近，居然有这么安静、惬意的地方！

店家说，制作腌青菜烤饭团需要花一些时间。饭团外面抹了白味噌，吃的时候，要从饭团上腾腾的热气开始品味。

小菜是烤的白身鱼，还有红豆南瓜。

我还记得红豆南瓜这道菜,以前祖母也经常在冬天到来的时候做给我吃。

有的地方这道菜也叫作"炖表弟",但我还是更喜欢红豆南瓜这个名字。

头上是一片蓝天,我安安静静地吃着。这时候,店主拿出一个小的暖炉,放在了我的脚边。

由利乃露出一副嘴馋的样子,我便把玄米饭团分了一点儿给它尝尝。

都怪我贪心,点了两个饭团,全部吃下肚以后我开始觉得有点儿难受。

下次只点一个饭团就足够了。

绕个远路,消消食。跟随感觉的引领,我走进了一条我不认识的路,结果意外发现了一家从下午三点开始营业的酒吧。

下次可以进去小坐一会儿。

附近还有 间小小的神社。

不过话说回来，由利乃差不多要来那个了。

狗的生理期被称作"发热（heat）"，这是由利乃来我家以后，我才知道的。

以防万一，来表参道之前，我把它的卫生巾带来了。

"发热（heat）"开始之后，馒头（阴部）会变得鼓鼓的，像开花一样。

不过据说不同的个体也会有差异，有的狗狗需要卫生巾，有的狗狗自己舔舔就行。

有的狗狗第一次来生理期的时候，主人都没发现，生理期就结束了。

由利乃到底是哪种情况，我也有点儿拿不准。

每天我都会确认一次"馒头"的情况，但是体征很微妙，让我有点儿不知道该怎么办才好。

我原本还打算在它的生理期来了之后，给它隆重地准备赤饭，以示庆祝。

1月16日

野猫的饲养方法

今天，下雨了。

对面邻居家的雨水槽里，水像瀑布一样流下。

这次我真的是"轻装上阵"，搬家的时候连长靴都没带。

可偏偏这种时候，我忽然特别想吃蛋糕，这可怎么办才好呢？

从屋里出来，直走然后右转再右转，有一家很棒的蛋糕店。

真的就只有两三步路的距离。可是，雨这么大，要走到那儿去很不容易。

唉，还不如索性下场雪。

那样的话，穿双乐福鞋就能走过去。

要是由利乃能帮我跑腿就好了，但实际上，它正舒舒服服地睡在我的膝盖上。

现在，刚过下午三点。

我满脑子都是蛋糕，雨却下得越来越大了。

今天早上我去扔垃圾的时候，金太正等着我。

金太是一只野猫，它在这附近过着流浪生活。

在这一带它很有名气，大家都在照顾它。

这附近有很多这样的猫。

如果发现了野猫，把野猫带去宠物医院的话，可以免费做绝育手术。

做过绝育手术的猫，耳朵上会有一个印记，一眼就能辨别出来。

通知医务室把野猫带走进行安乐死，那样的做法太残忍了。

真希望日本全国都能参照带野猫去绝育这种模式。

周围的邻居告诉我，如果看见金太就给它喂点儿吃的吧，我赶紧把 Mon Petit（猫罐头）装进盘子里。

野猫不会特别亲近人，但它一副想吃东西的样子，我便在旁边一边观察一边等着。

它肯定经常这样向周围的人讨要食物。

金太这个体形一看就超重了。

它呈体前屈坐姿的时候，肚皮上的肉一层又一层，我猜差不多能有十公斤。

虽然这里的人管它叫金太，但我猜在别的地方一定还有人给它起了各种别的名字。想想就觉得好玩。

如果是我来取名的话，我想想……我应该会叫它梅吉。

喂野猫也是有规矩的，喂完之后立刻把盘子收走，听说这一点很重要。

旁边还有金太专属的里间（纸箱），里面铺了一张可以借助体温发热的特殊垫子。

每次看见金太在里面的时候，不知道为什么我就会特别开心。

狗和猫非常不一样。
顺从的狗。任性的猫。
看见狗脖子上套着狗绳散步的样子，猫肯定觉得很好笑吧。
你连独自去散步都不会吗？猫暗自在内心鄙视着。

我个人偏爱狗，但如果要问我的性格像狗还是猫，我觉得我百分百像猫。
我也喜欢自由。
不过，我偶尔也会想纵情地撒一次娇。
这么一想，金太的这种生活方式对我来说还挺理想的。

今天我去剪了头发。
其实去年夏天，我在柏林剃了光头。

算是四十岁的纪念吧,总之我之前就想过了,这辈子要尝试一次。

所以现在我的头发也非常非常短。

1月19日

表参道 盐味饭团

昨天傍晚我去了澡堂。

我本以为没什么人，结果里面很拥挤。

里面既有看上去像游客的外国人，也有附近的大妈，还有带孩子一起来的，各种年龄层的人都有。

洗澡水很烫，所以不能泡太久。

不知道是不是我的错觉，洗澡水特别爽滑，有点儿像温泉。

平时我都是"全副武装"地打扮好之后，再来这条路上闲逛的。泡完澡之后，皮肤光溜溜的，素颜走在这里，感觉还挺不可思议的。

今天是周日。

上午，带由利乃去散步。

散步的路线基本上是固定的。

总之呢，就是往安静的地方钻，走过一条又一条曲折的住宅区小路。

走过由利乃喜欢的电线杆和停车场，以及它不喜欢爬的楼梯，还有我们每次都会路过的空地。

刚来的时候它完全不敢往前走，渐渐地，它走起路来越来越有底气了。

刚开始的时候，我觉得强行把狗拖到这里来的人，看起来特别难以亲近。

但我想，那一定是因为我很在意自己是从外边来的，所以很紧张。

社交高手由利乃，不管是见了狗狗还是见了人都会热情地打招呼，随时都在瞄准机会想让对方和自己玩。

如果遇见了喜欢狗狗的人，由利乃会向对方不断送去热烈的眼神，等到对方注意到自己并夸赞一句"好可爱呀"的时候，绝不容许自己错失良机的由利乃便会摇着尾巴扑过去。

于是在表参道这边，由利乃也渐渐地得到了许多人的爱抚。

昨天中午的时候，由利乃让一群在户外抽烟的大叔陪着自己玩了个痛快，今天又在小路深处碰见一个大叔，大叔又是摸它又是夸它。

散步的途中，发现一家和果子[1]店，于是我买了草莓大福[2]。

那之后我回去了一趟，把由利乃留在了房间里，向纪之国屋[3]出发。

纪之国屋的肉类区里摆放的鸡心、鸡肝和鸡胗，是由利乃的主菜。

不知道是不是我的心理作用，我总觉得它吃得比平时还高兴。

---

1. 一种日式点心。
2. 一种点心，是和果子的一种。
3. 以东京为据点的高级连锁超市。——编者注看来味道一定很不错。

下午,我去做了精油按摩。
按摩店离这里也非常近。

借住在别人家里这件事,我已经非常适应了。
在别人家的厨房里能够煮出美味的米饭,这也就意味着我在这里已经住习惯了。
在表参道,这是我第二次成功地煮出美味的米饭。

盐味饭团。
小的那个,留给由利乃。

2月1日

有关幕后

表参道生活，结束。

昨天晚上我带着由利乃一起，去附近的书咖喝了啤酒。

每天都很有新鲜感，也很有趣，但是如果我一直住在表参道，过这种得意忘形的日子，我的人生可就完蛋了。

不到一个月的时间，刚刚好。

把那些窄窄的小路，也走熟了。

哪些店可以带狗狗进去，我现在也了如指掌了。

再到后来，由利乃散步的时候也有点儿如鱼得水的样子了。

终于，今天回到了自己家。

出租车离家越来越近了，由利乃用热烈的目光注视着窗外的景色。

看样子，它似乎也知道我们回家了。

施工还没有结束，我怯生生地打开门，走了进去。

过几天完工了以后究竟是什么样子呢？真是令人期待啊！

住在表参道的那段时间，我思考了一下有关幕后的事情。

不管是谁，站在华丽闪耀的舞台上都会看上去光芒四射。

但是，我想重要的应该是舞台的幕布之后的那一面。

不管表面上从事着多么伟大的工作，只要是在背后伤害别人，让其他人难过，这样的人就是不值得信赖的。

如果一个人给某个遥远地方的人捐赠了很多钱，但是他的家人、朋友过得并不幸福，这种情况我也觉得很难理解。

一棵树长得越高大，它的影子也越就大。或许这就是现实，但我还是喜欢不管在台前还是幕后都一样清澈的人，我也希望自己是那样的人。

一家餐厅看起来很漂亮，走进厨房却发现里面全是垃圾，不管是谁都会大失所望。

　　以这样的观点来看的话，我身边的人，在幕后也都是十分体面的人。

　　回到家，看见新杂志送到了。
　　说起来，这其实也算是有关幕后的故事。
　　是关于一个少年和马戏团的故事。

　　翻开封面，手感非常好。请各位务必一读！
　　这次的装帧全权交给了出版社，所以我也是刚刚才看到的。
　　算起来，这是我的第六部长篇。
　　在我的书里算是风格比较独特的故事。
　　《在马戏团的夜里》，由新潮社发售。

　　由利乃一回到自己家，便舒舒服服地躺了下来。
　　我想由利乃被带去了一个自己不熟悉的地方，可能心里面还是一直很紧张的吧。
　　住在表参道的那段时间，它上厕所的次数明显减少了。

现在它正在自己的豪宅（帐篷）里面睡午觉。

刚才给由利乃测了一下体重，还是四点三公斤，和以前一样。

看来已经不会再长个儿了。

按照人类的年龄来算的话，由利乃差不多是高中生那么大，而它现在正是从幼犬向成年犬过渡的时候。

所以现在，它有点儿叛逆。

几天后，和企鹅重逢的时候，它会有什么样的反应呢？

企鹅现在，还在海外。

2月5日

那当然是啤酒

我和 NonNon 姑娘去了箱根，享受了一次温泉疗养。

这三天，我们没事就泡在温泉里，沉浸在泡温泉的快乐中。

从早上开始就能泡到露天温泉，简直不能再棒了。

前天我几乎一整天都在温泉里泡着。

算下来，我穿了衣服的时间，比不穿衣服的时间还短。

感觉自己似乎变成了一个裸体主义者，只有在特殊的场合才会把衣服穿上。

把脑袋清空，重启。没有比这更棒的事情了。

晚餐也很符合温泉疗养，我们吃了"精进料理"。真是幸福的三天啊！

在那儿，我也喝了啤酒。

果然，泡完澡就该喝啤酒。

住在表参道的时候，去澡堂泡完澡回家，我一进屋子便迫不及待地打开一罐啤酒。

在寒冷的冬季来上一口啤酒，又是另外一种滋味。

发现这种美味的契机，当然是柏林。

在柏林，我终于发现了啤酒的美味。

啤酒花园被树林包围着，有一种童话的氛围。这是一个很重要的加分项。

一边看书一边小口喝啤酒，还有一边看星星一边喝啤酒，让我对喝啤酒这件事有了全新的认识。

就这样，等我发现的时候，我已经成了一名"啤酒党"。

我喜欢味道醇厚的黑啤。

所以呢，下次我的随笔的标题是《黄昏的啤酒》。

是 2012 年日记的合集。

差不多也快发售了吧？

还是小学生的时候，我每天都写日记。

第二天，班主任老师读了日记之后，会给每位同学写评语。

我喜欢在日记里面写幻想的故事、诗歌一类的东西。

如果我每天都过着闪闪发光的生活，大概就不会写那样的东西了吧。

对我来说，日记是我的救赎，写日记的时间是我唯一可以变得自由的时间。

所以我很庆幸，那个时候的自己拥有日记这片神圣的土壤。

因为在那里，我可以解放自己。

虽然几乎都没留下来，但是当时的日记，全都是我的宝物。

我记得老师也每天都给我写评语。

企鹅今天早上回来了。

由利乃摇着尾巴，出来迎接了他。

我心里舒了一口气，幸好由利乃还记得企鹅是谁。

他说，虽然没有给我买伴手礼，但是给由利乃买了雨衣和狗粮。

毕竟老婆爱抱怨，但是狗不会。

不得不说这是明智的选择。

不过，由利乃的雨衣好像小了点儿。

屁股全露在外面了。

由利乃在"狗生"中第一次戴伊丽莎白圈。

它左眼发炎了，有一段时间连眼睛都睁不开。

虽然也有这样一些小插曲，不过时隔一个月，全家人终于聚在了一起，大家排成了一个川字躺在一块儿。

因为一直有由利乃在身边，所以企鹅不在，我也完全不会觉得寂寞。

房子的改造结束了，又要开始新生活了。

看来今晚有幸能够赏着雪，喝啤酒。

2月10日

暖乎乎

趁着离开家的这段时间,我把家里的被褥拿去重新弹棉花了。

这床俵屋的被子算起来已经用了十年以上了,都变得扁扁的了。

我偶尔会拿去干洗店清洗,但是还从来没拿去弹过棉花。

这床煎饼似的被子,真的能变得蓬松起来吗?我半信半疑地等待着,结果送回来的被子变得比我想象的还要蓬松得多。

一看就特别暖和。

布料也换了新的，简直就像新买的一样。

但从厚度来讲，岂止是厚了一倍，而是变成了之前的三倍那么厚。

一开始就买质量好的东西，就像这样反复保养，可以用很久。

这下看来，我这辈子都不愁没有好被褥啦。

被褥用旧了就扔掉这种事，简直是要遭天谴。

人一生的三分之一的时间都是在被子里面度过的，所以睡觉的环境非常重要。

好好地睡上一觉，不仅能消除疲劳，连压力都可以减轻很多。

虽然不太好意思大声宣布，但其实我最喜欢睡觉了。

每晚九点左右，我就钻进被窝里了。

也许睡觉的时间，才是最幸福的时间。

最近，由利乃常常枕在我的手臂上睡觉。

它会一股脑儿钻进我的右侧身体和手臂之间，而我的右边肩膀的位置便是它的枕头。

它已经不是幼犬了，说实话还是挺沉的，但这份重量也是一种幸福。

一身白色的绒毛隐藏在白色的被套中，睡迷糊了的时候都找不到它在哪里，所以只要在晚上我就会给它穿上睡衣，作为标记。

它总是惬意地睡在千层饼似的被子（一共四床被子，是我盖得最多的时候）里。

顺带一提，企鹅用的被子里面是没有棉花的，所以只有我的被子体积一下子变大了，跟他的床铺形成了鲜明的高低差。

我感觉自己变成了公主。

差不多是同一时间，由利乃的床也做好了。

我在上面给它铺了羊皮，由利乃便一脸惬意地蜷伏在了上面。

它完全和被子融为一体了。

前几天，做和服的采访时，我去拜访了一家专卖古代着装的店。一下子就吸引了我的目光的是和更纱[1]的腰带。

一问才知道,居然原本是用来铺在被子上的。说白了,就是被罩。

店家说,这估计是从前有钱的地主家里的东西。

不论是颜色搭配,还是手感,都是我特别喜欢的类型。

下次翻新被子的时候,把不穿的和服拆了,做成被罩也不错。

---

1. 日式印花布。

2月17日

呃……这……

我犹豫了很久，到底是写还是不写，最后还是决定写下来。

上周，我去了一趟 NOMA。

丹麦哥本哈根的餐厅，据说是世界第一，一般都订不到位子。

这次，丹麦当地的餐厅工作人员来到了日本，在日本开了有时间限制的餐厅。

而我收到了别人的邀请，没多想就跟着去了。

端上来的第一道菜，是活纽扣虾配蚂蚁。

的确，餐具选得无可挑剔，摆盘也真的很美。

能吃出来，是挑选的上好的纽扣虾。

蚂蚁这东西，我想吃了也不会对身体不好。

但是，这道菜真的有必要放蚂蚁吗？

把蚂蚁换成别的就不行吗？

我很认真地思考了这个问题。

我可以理解，他们来了日本之后，应该看到了、吃到了许多没见过的东西。

不管哪里都使用昆布来提鲜。

但是我可不希望他们小看了日本料理。

我也不希望他们把日本人当傻子来忽悠。

虽然不至于牛气到掀桌子，但是我很想知道有没有人吃到一半打道回府。

或者有没有人拒绝买单。

虽然我心里面是这么想的，但是日本人真的是脾气太好了。

餐厅里全部满座，预订也转眼间就排满了，据说等着取消预订的人都排成了长龙。

我总觉得这里的料理像是在试探人。

这里的料理不是满足胃的料理，而是得用脑袋思考的料理。

与其说是料理，不如说是"实验"，从这个层面来讲，的确挺有趣。

但是如果只是被问到究竟好不好吃的话，我可能会不知道该怎么回答。

吃到一半的时候，我开始有种"国王的新衣"的感觉。

明明大家心里都有一种"呃……这……"的感觉，但吃的时候嘴上都说"好吃"。

我想他们应该从全日本搜罗了顶尖的食材吧。

餐具用的也全部是最高级的。

工作人员一行，带着家人，大老远从丹麦跑过来。

我很理解，这样的餐厅自然是很烧钱的。

但是这个价格，还是让我觉得有点儿不知道该怎么说。

与其去一次NOMA，倒不如去二十次我家附近的中华料理店吃个饱。

我更喜欢那些会体贴客人的钱包、花很多心思的料理人。

我知道,把 NOMA 和街上的中华料理店放在一起做比较,本身也许就是一种错误的做法。但是不知道为什么,我去了 NOMA 之后,有点儿沮丧。

虽然很有新鲜感,也很好玩,但是最后心里还是觉得怪怪的。

让我印象最深刻的是甲乌贼荞麦面。据说是从鱿鱼面得到的灵感。

拿切成细丝的乌贼,蘸着攻瑰花瓣的汤汁吃,真不是一般人想得出来的。

我着实被这奇怪的组合吓了一跳。

果然,还是只有外国人能冒出这样的点子。

但是那味道……唉,不好说。

2月20日

澡堂事件簿

傍晚,我和平时一样去泡澡,但好像出了什么事。

一个光着身子的大婶,很大声地嚷嚷着:"附近有保洁人员吗?"

周围好像没有保洁人员,她便跑到了前台打了一个内线电话。

"墙上掉下来一坨黑乎乎的东西,恶心死我了,能不能赶紧来打扫一下?"

大婶不带一点儿客气地说道。

而我已经决定好顺序了，先是桑拿、淋浴，最后再进浴池。

蒸桑拿的时候，我看见打扫卫生的年轻女性和另一个手里拿着刷子、看着像工作人员的女性，急急忙忙地跑了过来。

我从桑拿房出来的时候，听见了有人很大声地在骂人。

刚才那位大婶很生气地对着年轻的那位保洁人员说道："我说，这都第二次了吧？就不能写清楚贴个告示吗？"

同样的话，翻来覆去地说了好几次。

年轻的保洁人员只是不停地应声，不停地说："谢谢您的意见。"

我猜员工手册上应该写了，这种情况下只能说"好的""谢谢您"。

骂人时的惊人气势，让在一旁看着的我都有点儿郁闷了。

之后，骚动平静了下来，经常一起泡澡的阿姨也刚好来了，我便向她询问了一下事情的原委。

好像是小宝宝的便便掉了下来。

有妈妈带小宝宝一起在泡澡，结果把便便留下了。

当然澡堂告示上写了，请勿带穿尿不湿的幼儿入场，而且这是最基本的礼仪。

而那位妈妈早就泡完澡走了，不见了人影。

这让我想起了一件别的事情。

已经是大概十五年前的事情了。

我的朋友新米妈妈，带着哺乳期的宝宝去了游泳池。

我问她："已经可以不穿尿不湿了吗？"

结果她一脸平静地回答道："没事，小宝宝的尿又不脏。"

虽然这件事不是直接的原因，但我后来发现我和她之间渐渐没有什么交流了。

我清楚地记得，我当时心里很震惊，觉得当母亲的真是厉害。

当母亲的一点儿也不会觉得自家孩子的小便脏。

如果是自己家里的浴缸的话，没有任何问题。

但是她完全忘记了，有人不是这么觉得的。

我很理解她们想要带小宝宝一起泡大澡堂的心情，但是把还需要穿尿不湿的小孩带进来，这种做法不太妥当。

而且最让人觉得可怜的是，打扫卫生的女孩子一直在挨骂。

明明自己没有做错任何事情，却被人那样劈头盖脸地怒骂一顿，我很担心她会不会因此觉得自己其实也有过错。

当然没憋住屎尿的小宝宝也没有任何过错，这种情况下，孩子的母亲要负全部的责任。

可是做母亲的却好像一副事不关己的样子，人都不知道跑到哪里去了。

来这里的人都想难得地舒舒服服泡个澡，结果好心情一下子全没了。

骚动结束之后，我重新泡了一次外面的浴池。

五点过后的天，依然很蓝。

可以很明显地感受到白天在变长。

春天已经就在眼前了。

久违的澡堂事件簿，就此落幕。

3月3日

炒面的〇〇

今天早上吃拉面。

上午十一点,企鹅做好了拉面。

昨天是石锅乌冬面。

前天是炒面。

我家的早饭和午饭,大多是吃面。

除此以外,还有日本荞麦面、米粉、素面,意大利面之外的面类会频繁登场。

我家基本上很少吃面包,米饭也一周大概只有一次。

乌冬面吃的是这个牌子,拉面是那个牌子。品牌基本上也很固定。

前天是周日,所以是我负责做早餐。
我用冰箱里的东西,做了炒面。
虽说是炒面,但没有使用炒面专用的面。
我把做拉面用的面煮好,然后拿来炒。
那样其实味道更正宗。

每次都挺随意的。
调味也不固定。
前天剩了一些水芹,我便加了一些。
然后还有一些剩下的猪绞肉,我也往里面放了一点儿。
先炒猪绞肉,然后加一点儿高汤,放进煮好的面,最后把水芹炒在一起。就这么简单。
调味用的是蚝油和日本生产的鱼酱、能登高汤、盐。
做什么以及怎么做,都是看当天的心情。

偶尔会放一些三味香辛料[1]做成印度口味。

结果做出来的炒面,味道好像还不错。

一大早,我便被企鹅表扬了。他甚至夸赞我为炒面女王。

我说,这种炒面谁都做得出来。他还是一个劲儿地说,不不不,太美味了!

炒面的材料只有水芹和猪绞肉,也许食材简单,反而恰到好处。

吃到一半浇上点儿辣椒油,又可享受另一种不同的味道。

炒面大多是我做,拉面则是企鹅的拿手料理。

一大早就吃拉面?可能很多人会发出这样的疑问。但其实拉面味道非常清爽,完全不是问题。

今天早上的拉面,汤底味道十分有层次。

前几天煮盐味猪肉的汤,加上小鱼干的高汤。

配菜有煮鸡蛋、叉烧碎、海苔。

---

1. 三味香辛料(garam masala)是以丁香、小豆蔻、肉桂为主的混合香辛料。广泛用于印度菜肴中。

顺带一提，我们家不管是拉面还是炒面，用的都是札幌西川制面的牛面。

粗细刚好合适，所以我很喜欢。

柏林也有好吃的拉面店。

是在日本修行过的德国人做的口味很正宗的拉面。

在德国，拉面也很受当地人欢迎。

又开始想念德国的我。

今年夏天去哪儿好呢？此时的我非常认真地在为此烦恼。

3月6日

奔跑吧，由利乃！
奔跑！

我犹豫着是骑自行车去还是走路去，最后还是一路走到了狗乐园。

由利乃超级喜欢狗乐园。

我想每周带它去纵情奔跑一次，于是昨天把散步的目的地定为狗乐园。

单程要走三十分钟左右。

由利乃爱跑去闻电线杆什么的，所以和它一起走过去还挺花时间的。

狗乐园在一个很大的公园的角落里，现在这个时节，桃花开得正艳。

上幼儿园的时候园长会带它来狗乐园，这是它第二次和我一起来。

不知不觉间，由利乃长大了。

现在八个月大，体重增加到了接近五公斤。

把它放进小型犬的狗乐园里面，它一下子成了里面个头最大的。

吉娃娃、约克夏什么的，都是特别小一只。

因为由利乃还是个小朋友，所以它特别喜欢玩。

喜欢人，也喜欢狗，连猫它都特别喜欢。

它也特别爱跑。

所以狗乐园是它最爱去的地方。

走进狗乐园，松开狗绳的一瞬间，由利乃便飞奔了出去。

奔跑的时候那叫一个有气势，耳朵被风吹得横在两边。

由利乃从小开始就特别像兔子，直到现在它跑步的姿势也很像兔子。

它把两只后脚并得整整齐齐的,一蹦一蹦地跳着跑。

与其说是跑步,不如说是在飞。

让它在狗乐园跑了差不多一个小时。

但我其实不是很喜欢狗乐园。

第一次带小孩去公园的妈妈,说不定也是这种心情。

也许多去几次,混熟了以后,感觉会有所不同。

但是不管在什么样的群体里面,只要待在人堆里我就会胆怯。

差不多到时间了,我给由利乃系上狗绳,带它往外走。

可是它走到一半,就在路边趴下不走了。

"快走!"由利乃对我的话充耳不闻。

看样子它在狗乐园把体力都耗尽了。

真没办法,我只好把它抱回去了。

虽然只有不到五公斤,但是一路都抱着它,感觉还是挺沉的。

话说起来,我记得很久以前企鹅去慢跑,结果回来的路上太累了,他就搭出租车回来了。

不过,多亏去玩了这一趟,昨天晚上由利乃一反常态睡得很熟,甚至都没有翻身。

半夜听见一阵阵鼾声,我还以为是企鹅,结果是由利乃那个小家伙。

它靠着我的手臂,睡得一脸舒服的样子。

因为实在是太可爱了,我入神地看了好一会儿。

而且,现在它都还在睡午觉。

看它那享受的样子。

顺带一提,现在铺在由利乃身体下面的是我的山羊绒毯子。

狗狗都特别喜欢触感柔软的面料。

哪怕只有一天,我真想变成由利乃,体验一下它的生活。

除了狗乐园,还有别的会让它一下子兴奋起来的地方。

其中一个就是沙地。

还有,有落叶的地方。

一去那儿，它就会突然兴奋地想要奔跑起来。

不应该让它像小时候那样玩的。

由利乃一会儿向左一会儿向右使劲地拖着绳子，我像是在船上和一条刚钓到的大鱼较量。

下次去狗乐园，还是骑自行车好了。

3月8日

旧和服

这次我有幸在《七绪》的春季刊上发稿。

这次的企划是,用羽织[1]做腰带。

有的羽织花纹和图案是很久以前的样式,继续拿来当羽织穿可能有点儿不合适了,但是可以把它做成腰带,让它重见天日。

和服这种衣物,我们可以把和服做成羽织,把羽织或者长襦袢[2]做成腰带,最后做成木屐带、坐垫套什么的,用到最后一

---

1. 和服外褂。
2. 穿在和服下面的长衬衣。

点儿都不剩下。

我本来就比较喜欢旧和服,所以我觉得做成腰带这个点子很不错。

那些我从二十岁左右开始收集的旧和服,也可以像这样改变一下形状之后,再次大放光彩。

这次我缝制的也是一件本来两千日元买的古着[1]和服。

做好以后,它变成了一条非常漂亮的腰带。

今年我想给自己创造更多更多穿和服的机会。

而我明天开始,要去伊势进行一趟取材之旅。

企鹅将第一次和由利乃一起看家。

我要好好地净化一次心灵再回来!

---

1. 古代着装,指在二手市场淘来的有年代的但现已不生产的衣服。

3月18日

伊势乌冬面

今年的花粉尤为凶猛。

我从伊势回来,还没来得及歇一歇,就遭受了花粉的猛烈袭击。

周日的中午,我突然觉得有点儿不对劲。

喉咙深处又干又涩,咳嗽也咳得很不寻常。

我心里琢磨着,是不是花粉的季节到了,结果还没等我反应过来,症状就越来越严重了。

咳嗽和流鼻涕仅仅是开端。

头开始痛得不得了，结果一下子发烧了。

没有食欲，意识也有点儿不清晰。

实在觉得自己体温有点儿高，昨天随手一测，没想到有将近三十九摄氏度。

看了体温表之后，头痛得越来越厉害了。

出现这么严重的症状，作为十余年花粉症老病患的我，还是第一次。

企鹅说我可能是感冒了，但我知道这绝对是花粉症。

其实，在伊势的时候，有一天晚上我也突然病倒了。

先是很想吐，随后果然发烧了。

当时我没有测体温，不过跟昨天的难受程度相比较的话还要厉害得多，所以应该有三十九摄氏度以上。

我本来以为是食物中毒了，现在想来，说不定当时也是因为花粉引起的。

不过我出了一晚上汗，第二天就像没事一样。

花粉真是可怕。

除了花粉，还有沙尘暴、PM2.5，就像开福袋一样不知道自己会抽中什么。

但是这样的福袋,我可一点儿也不想要。

伊势之旅,真的特别棒。

走进神社的一瞬间就能感受到的那股清透的空气感,究竟是什么?

那里是伊势的人们,从先辈开始代代相传,供奉着神明,日夜祈祷守护的土地。

那种纯粹的心意,一代一代地传递着。

的确我能感受到,伊势是一片被神明守护的特别的土地。

两千多年前,倭姬命选择在这片土地上修建神社,也一定是有什么特别的理由。

伊势的食材特别丰富,是不是觉得如果神社在这里的话,就不用担心天照大神饿肚子了呢。

这次我在伊势吃了伊势乌冬面。

对伊势的人而言,说到乌冬面的话,那自然是伊势乌冬面。

虽然一直有所耳闻,但实际吃到还是第一次。

纯黑的汤底，配上柔软的面条。

面条真的十分柔软，就像以前学校营养餐里吃到的软面。

黑色的汤底，能吃出一丝醋的香味，没有看上去那么咸。

这边的人，酱油一般会使用老抽。

虽然人们的评价褒贬不一，但我一点儿也不讨厌这个味道。

面条比较软的原因是，为了能够尽快给前来伊势参拜的客人们上菜，所以店家事先准备了煮过的面条。原来如此。

在伊势四处逛了之后，我切身感受到了一点：当地的人们都十分热情好客。

他们的这种热情，也许是从很早很早以前就一直延续下来的。

话说回来，虽然地理位置上离得很近，但伊势乌冬面和名古屋的味噌煮乌冬面，完全相反。

伊势乌冬面，一般来说是在家里煮来吃的。

而且据说身体不舒服的时候，会特别想吃。

我现在就特别想吃伊势乌冬面。

我内心很想怒骂一声"花粉你这个臭东西",但我现在连话都说不出来。

3月23日

时尚达人

我前段时间去的美发店里,放了一些写真集。

是纽约街头的时尚达人的街拍特辑。

我一页一页地慢慢品味,结果没能全部翻完。过了几天我便买了一本。

引起我注意的是,出现在写真集里的,都是六十岁以上的人。

里面甚至还有一百岁的老奶奶。

他们每个人都很棒。

而且每个人说的话，都特别值得品味和深思。

脸上有皱纹，肚子有点儿大，这些都不重要。他们整个身体都像宝石一样在闪光。

不是因为穿了哪家的品牌货所以很潮。只要适合自己，即便是玩具模样的玻璃珠戒指，也会显得特别好看。

这本书中登场的女性，都非常了解究竟什么样的衣服才是适合自己的。

也许所谓的时尚，就是在于了解自己。

但是，光是人穿得时尚也不行，一边翻页我一边思索着。

纽约整个城市都很时尚，不是吗？

欧洲也是。

作为背景的街道好看了，时尚的打扮自然也会特别突出。

而且气候也是一个因素。

不管你多么想打扮自己，只要往东京夏季闷热的街头一站，就什么折腾的心思都没有了。

关于这一点，欧洲的夏天虽然气温高，但是很干燥，所以还有机会时尚一把。

我深刻地认识到了，街道的景色和气候也是时尚的重要因素。

我还是学生的时候，泡沫经济还没有完全破灭，那是一个人人都有名牌包的时代。

即便是年幼的小孩子，手里拿的也是LV，我记得我当时看了觉得特别不和谐。

与之相比，现在的年轻人会选择不花钱，多花心思打扮自己，我觉得这样更好。

打扮花哨的人，可爱的人，帅气的人，优雅的人，大家都有着自己独一无二的时尚风格。

去年，我在印度的酒店认识的朋友——瑞士人凯瑟琳也是一个时尚达人。

我记得晚餐之前她会换身衣服，化了妆出席。

快满九十岁的她说："我现在也很关注那些美丽的东西。"这给我留下了很深的印象。

我周围也有很多有自己独到风格的年长的友人。

和她们相比,我还差得很远。

我好想我的头发快点儿变白。
现在我只有大概百分之五的白头发,真是遗憾。
我的目标是,满头白发。
所以每次照镜子的时候,看见自己头上多了几根白头发,我就特别开心。

今天由利乃刚好满九个月。
乍一看是纯白的,但其实它背上有几块像是把奶茶弄洒了一样的斑纹。
它的表情一天比一天像个大人了。

3月31日

小小的《蝴蝶结》

就在刚才,做成文库本的《蝴蝶结》送到了。

这次在腰封上帮我写评语的是 Mina Perhonen 的设计师皆川明先生。

听说他是在乘坐飞机前往巴黎参加时装周的路上,读的这本书。

就在上周末,我去参加了 Mina 的发布会。

听说 Mina 今年已经是第二十个年头了,这一季的主题是"高汤"。

这场发布会就如同这个名字一样，各种各样的食材的鲜味，汇聚成了这一锅独一无二的美味高汤，其中浓缩了至今为止的二十年岁月，令人回味无穷。

这次，做成文库本的同时，封面也进行了新的设计。

文库本的封面是鸡尾鹦鹉和花朵的刺绣，也是十分可爱。

我期待着变小（变成文库本）的《蝴蝶结》，能够成为某个人的心灵寄托。

今天三月结束了，从明天开始就是四月了。

这几天，不论走到哪儿都被花团簇拥着。

樱花总是先人一步，已经迎来了叶樱[1]的季节。

昨天是我这个季节第一次撑遮阳伞外出。

八白屋[2]的屋檐下，摆放着本国产的竹笋。

我突然心血来潮，很想用竹笋蒸饭，再做成饭团，带到樱花树下慢慢吃。

---

1. "叶桜"，樱花掉落之后长出的嫩叶。
2. 蔬菜店。

4月6日

春雨

昨天，一整天都下着绵绵细雨。

周五的报纸上登的山崎拓的文章，非常值得一读。

据说在担任自民党干事长的2003年2月，他在美国的大使馆里被鲍威尔国务卿说服了："因为伊拉克境内存在大量破坏性武器，所以希望日本协助进攻伊拉克。"

于是，小泉首相便在当时发表声明宣布日本将介入伊拉克战争。

就这样，日本也开始参与伊拉克战争。

熟悉伊拉克周边事务的人，当时都非常反对这一决定。

然而，这些异议都被无视了，伊拉克战争打响了。

而且，事实上根本就不存在什么大量的破坏性武器。

山崎在文章中非常肯定地说道，日本向伊拉克战场派遣自卫队是错误的。

我认为他所说的这番话，非常有意义。

山崎是这么说的：

"我们甚至可以说正是伊拉克战争这一武力裁决，导致了'伊斯兰国'（IS）的产生。

"不管当时我们做出的抉择是对是错，现在的我们正在接受历史的审判。

"应该对伊斯兰国的出现负责的是美国，小泉首相和我对此都有间接责任。"

我们虽然嘴巴上说着坚决反对伊斯兰国，我们也把他们的所作所为视作野蛮的化身，但伊斯兰国的出现，并非与我们日本人毫无关系。

因为小泉首相是我们选举出来的。

山崎还这样说道：

"现在的安倍政权让我有强烈的危机感。

"从专守防卫转变成允许支援他国防卫，为国际贡献投入军事力量，完全颠覆了至今为止的安保政策。

"派遣自卫队到地球的另一头都是极有可能的。

"要进行如此大的转变的话，应该就宪法第九条的修改，取得国民投票的支持之后再进行。"

我最近时常觉得有什么东西蒙住了我们的双眼，给人一种无法言说的恐惧和忧虑。

NHK晚上九点的新闻里，发表真知灼见的大越主播也不见了，我每次都很期待听到朝日电视台报道STATION古贺的评论，他也被换下来了。

如果筑紫还活着的话，他会怎样看待现在这种形势呢？

如果全日本都变成了 I am Abe[1] 的话，那可就危险了……

下午，趁着雨停的那一小会儿，我带由利乃出门散步去了。
散落的樱花，把地面都染成了粉色。

晚饭，有蚕豆饭、竹荚鱼和梭子鱼干，还有芜菁叶子和油炸豆腐的味噌汤。
鱼干是我前几天从汤河原温泉买回来的。
箱根温泉全是外国观光客，让我很意外。
不知不觉间，箱根竟然成了国际都市。

晚上，由利乃出现"发热"现象。
刚好电视上在播放狗狗产仔的节目，我便让它和我一起看了一会儿。

---

1. 此语为作者反用评论员占贺茂明的"I am not Abe"口号，表达对支持安倍当局的讽刺。——编者注

4月10日

四百日元

　　泡完澡回家的路上,我走了一条与平时不一样的路。农田旁边的小店在卖樱花的树枝。

　　放在桶里,标价二百五十日元。

　　我以为这肯定是一枝的价格,没想到是一捆的价格,好几根漂亮的树枝是用橡皮圈捆着的。

　　旁边还有油菜花。

　　一百五十日元一把。

　　我花四百日元,就买到了春天。

回家后我随即把油菜花焯水，做成了凉拌菜。

细腻而柔软，微苦。

在口中蔓延的这种清新爽脆的口感，真是让人欲罢不能。

在房间里，我一边吃一边眺望着叶樱，心情绝佳。

今天，我们用竹笋做饭。

企鹅买回了格外鲜美的竹笋。

我们每次都用家用碾米机来给糙米去皮，所以有很多米糠。

一般都会拿来腌渍米糠酱菜，不过春天拿来去除竹笋的涩味也很方便。

用放了辣椒和米糠的热水大火熬煮，煮着煮着，就会发出一种难以形容的淡淡香气。

因为竹笋个头比较大，所以一半拿来和煮好的猪肉、魔芋丝做拼盘，四分之一用来煮竹笋饭，剩下的四分之一准备用来做竹笋味噌汤。

竹笋不像别的蔬菜，不管煮多久，都不会变得太软。

纤维和纤维之间，高汤充分地渗透进去，这样的竹笋，是这个时期独有的美味佳肴。

这会儿,正在煮竹笋饭。
企鹅说他想多吃点儿,于是我煮了五合[1]米。

一个月前,我从伊势带回来的猫,已经彻底融入我们家了。
这只猫,是招财猫。
因为我很久以前就想要一个,所以当我在御荫横丁的招财猫专卖店里发现这个小家伙的时候,我高兴得差点儿跳起来。
把它和在我家落脚的猫放在一起的话简直是两姐妹。

我的方针是,这种东西要摆放在看不见的地方。
章鱼头猫猫,在厨房的一角,放调味料的那一排是它的固定位置。
而这次从伊势带回来的招财猫,则是放在了厕所的收纳柜里。

---

1. 日本度量制尺贯法中的体积单位,相当于一升的十分之一。

平时它被我安排在厕纸的队伍里。

用达摩[1]遮住胯下的样子,特别可爱。

打开厕所收纳柜也并不是很频繁,每当我快忘记它的存在时,一打开柜子,我便会很吃惊:"啊,原来放在这儿了啊!"

这是我的一个小小的乐趣。

这个小家伙,真的是一个特别迷人的招财猫。

如果把各种各样的东西全都摆放在看得见的地方,空间就会变得很拥挤,所以我总是喜欢把东西装饰在平时看不见的地方。

---

1. 日本一种寓意吉祥的装饰物。

4月15日

鸡蛋三明治

难得的晴天，我突然心血来潮，特别想做鸡蛋三明治来吃。

因此，今天的午饭由我来操刀。

仔细回想一下，我很少会亲自做鸡蛋三明治。

十年前有一阵子我特别爱做三明治，那个时候我做的全是火腿三明治。

我的记忆里没有出现过鸡蛋三明治。

把鸡蛋煮好，在吐司上抹上芥末黄油，把腌黄瓜和洋葱切碎，拿煮好的鸡蛋和蛋黄酱混在一起。

再悄悄地加入少量的柚子醋。

晴天和鸡蛋三明治，十分般配的组合。

今天也是一个洗衣服的好日子，我一边洗衣服，一边麻利地制作鸡蛋三明治。

带着由利乃去散步的企鹅，从肉店买回了可乐饼和炸肉饼。

跟卷心菜培根汤，一同摆上餐桌。

不知道是不是因为受到了蓝天的触动，很难得我们今天午餐吃面包。

很不幸的是，鸡蛋三明治里的芥末黄油，盐加多了，整体味道偏咸。

满分一百分的话，只能打七十三分。

比起这个，我被可乐饼和炸肉饼的美味所感动了。

这附近有好几家肉店，每家店都会做可乐饼和炸肉饼，但今天这家在其中也算是水准最高的一家了。

听说是一位年纪很大的老奶奶做的，她从每天早上九点开门就开始炸东西。

我的内心，满怀感激。

晚上，煮的是豆子饭。

看见白色的米饭和绿色的豆子组成的波点图案，这次我又想捏饭团了。

我的料理大脑越来越活跃了。

4月25日

终于到了恋爱的季节

这周为了取材，我去了郡上八幡。

这是水源丰富、待着很舒服的一个地方。

往返乘坐的长良川铁道，有一种淡淡的温情，郡上八幡的车站古老而美丽。

如果生长在这样的城镇里，我感觉我一定会变得非常感性，但如果真的是那样的话，我一定会想去小镇外面看看。

周末，久违的可鲁来到了我家。

昨天晚上我们去接它。

由利乃最喜欢和其他狗狗一起玩耍了,最近幼儿园放假,暂时也去不了,散步的时候也没怎么和其他狗狗交流,所以见到可鲁,它们一下子就打闹了起来。

　　但我开始以为它们只是在玩,结果由利乃似乎是在挑逗可鲁。

　　由利乃的生理期结束后,我以为发情期也跟着结束了,没想到还在继续。

　　它的身体已经可以怀孕了,所以我便暂时观察了一会儿。

　　由利乃上前挑逗。

　　可鲁追上前去。

　　由利乃把它推开。

　　可鲁迎难而上。

　　已经完全进入恋爱的季节了。

　　两只狗狗一会儿跑到这儿,一会跑去那儿,一阵阵脚步声传来,场面很热闹。

　　狗之间好像也要看性格合不合适,如果不是互相喜欢的话,关系是不会那么亲昵的,看来它们似乎已经突破了第一道关卡。

即便互相喜欢,很多时候也不会发展到交配这个阶段,而且即便成功交配,也不一定能够怀孕。

不过,可鲁看样子是不太明白自己到底该做什么,它把由利乃压在身下,却试图对着由利乃的脑袋晃动自己的腰。

难道这是需要对狗进行性教育的时代?

纯粹在人类世界长大的狗,它们这方面的本能可能已经退化了。

可鲁比还是幼犬的时候性欲更加旺盛,但它平时发情的对象都是床垫一类的东西,面对发情期的狗狗还是第一次。

把灯光弄暗,它们会不会情绪更到位一些呢?于是我关掉了一盏灯。

刚开始它们凑近对方的脸,互相闻了闻气味,接着动作渐渐地激烈了起来,过一会儿便会休息一阵子。

应该还挺消耗体力的。

把这两小只的恋爱追逐作为助兴节目,我们两个人,开始喝起了浊酒。

酒是我从郡上八幡卖酒的商店里买回来的,还挺好喝的。

果然,只要水质好,酒也会特别好喝。

昨天晚上,我把酒和苏打水兑在一起喝。

这种成年人的汽水,一喝就停不下来。

我预感到自己很快便会被郡上八幡的酒彻底俘获。

取材结束后,回程之前喝的啤酒据说是用郡上八幡的泉水做的,那也是一绝。

等我注意到的时候,由利乃变得比可鲁还重了。

由利乃肚子变大了,身体也很丰满,是典型的母亲的体形。

刚来我们家的时候,明明那么瘦小。

5月3日

野菜宴

昨天一天，我从早上开始便在厨房里忙活。

等得望眼欲穿的野菜，今天终于到了。

所以，我们准备办一场野菜宴。

来家里做客的是 OKAZ DESIGN 的两位加上蚕豆（狗）。

我很期待，我们所有人能够一起度过一段怎样的美妙时光呢？

野菜虽然美味，但吃到嘴里之前，要费很多工夫。

因为不是在田里种的，而是在山里野生的，所以涩味也很重,如果不好好清洗和焯水的话就没法吃。

昨天寄到的是蕨菜、红蕨菜、溏油菜、九眼独活、红叶笠、艾麻。

每种菜都有独特的味道,如果只是简单地煮一下也不会好吃。

我决定步步为营,一边尝味道一边做。

许久未用的料理大脑状态全开。

前菜是日本生产的生火腿,以及各种腌渍野菜。

天妇罗是蕨菜、溏油菜和椿芽。

多层木盒里放的是芝麻凉拌红蕨菜、白芝麻拌艾麻、九眼独活的炖菜、核桃拌蕨菜这四种。

我准备把两年前的夏天在德累斯顿近郊的酿酒厂买的最后一瓶酒喝掉。

然后还有鲱鱼西京煮,红叶笠的浸物,用九眼独活叶子做的味噌,意大利式香煎牛肉和竹笋。

最后,是竹笋和蜂斗菜的什锦寿司饭、玄米汤。

狗狗也度过了一个幸福的夜晚。

5月7日

由利乃汉堡肉

要是每年都能像这样好好休息一下就好了。

今年感冒了,没能好好地过年,所以黄金周对我来说就像在过年。

我哪里都没去,把自己关在家里读书。

风,吹得特别舒服。

由利乃在自己的床上舒服地午睡。

可鲁和由利乃之间,没有结出果实。

本来这次也只是一次"尝试",能弄清楚状况就不错了。

不知道是不是因为可鲁过于欲求不满,听说它回到自己家之后,对着其他狗狗发脾气。

身体状况也突然变差了。

真是可怜。

简直就像很想要很想要很想要,却找不到机会的高中男生似的。

休假期间,可鲁短暂地来我家住了一晚。

不知道是不是因为由利乃的激素分泌变少了,它们没有之前那么激烈了。

但可鲁还是会对着由利乃的头,摇晃自己的腰。

"可鲁,弄错了,要从后面!"对于我从场外给出的建议,可鲁也听不进耳朵里。

我把这件事告诉了幼儿园的老师后,被告知:"由利乃不是会主动发起邀请的类型,所以在这种情况下,可能需要人类的介入。"

但是违背它们的意志强迫它们交配这种事,让作为主人的我有些迟疑。

下次该怎么办呢？

今天，我的脑子里忽然灵光一闪，我想给由利乃做一块汉堡肉。

对养狗的人来说，是手工制作食物给狗吃，还是选择狗粮，这是一个大问题。

我两种都会尝试一下，但吃狗粮的时候和吃手工制作的食物（主要是肉）的时候，狗狗的满足感，明显非常不同。

喂狗粮的时候，狗看见人吃肉它也想吃，但是如果给它喂肉吃的话，不管我们这边吃肉吃得多么热闹，它都不会来讨食。

吃肉的时候，它会露出一种非常满足的表情。

用兽医的话来说，狗粮类似于营养辅食。

虽然的确营养十分均衡，但是吃起来会感觉很幸福吗？那不见得。从狗狗的角度来看，似乎是这么一回事。

由利乃是个小"吃货"，所以我还是想让它吃一些美味的东西。

如果只吃同一种肉的话,它的身体会变差,于是我就想干脆把各种肉都混在一起做成汉堡肉。

于是我便把猪肉、牛肉、鸡肉按照1∶1∶1的比例混合在一起,然后加入了一些由利乃喜欢的豆子粉末,做成圆形的汉堡肉煎了一下。

我试着给它吃了一块,结果它高兴得不得了。

果然,跟吃狗粮的时候的开心程度完全不同。

因为我有点儿好奇,所以晚饭的时候,我们人类也试吃了一下,结果很好吃!

为什么至今为止,我没有想过把鸡肉加进汉堡肉呢?

加了鸡肉以后,口感更柔和,味道更浓厚。

虽然我一点儿盐也没加,但这完全不是问题。

我把番茄酱和其他酱汁混在一起,拿汉堡肉蘸着吃,味道棒极了。

本来只是打算尝尝味道，结果我一连吃了两块。

由利乃幽怨地盯着吃得津津有味的我。

由利乃汉堡肉，味道超乎我的想象，真开心。

以后给由利乃加餐的时候，把这道菜也加入菜单里吧。

话说回来，今天打开冰箱的时候，我吓了一大跳。

有两只"小鸟"被放在了里面。

这两只"小鸟"是我们平时吃饭的时候用的筷子托。

不是我放的。这么说来那只可能是企鹅干的了。

怎么会有人把筷子托放进冰箱里呢！

不过，两只小鸟相互靠在一起，一副很要好的样子。算了，这样也挺好。

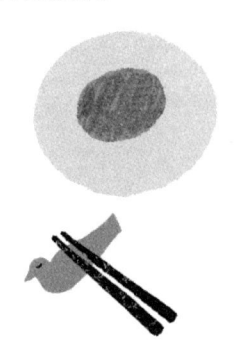

5月16日

出门买蛋去

早上,过了十点,我出门去买鸡蛋。

如果是我一个人走路的话,不到五分钟就能到。但是和市利乃一起,会绕很多路,所以我们走得很慢。

平时鸡蛋被放在店铺玄关外面的一个架子上,顾客要买鸡蛋的话就把钱放进去自己拿,不过今天刚才一直在下雨,所以上面写着:"需要鸡蛋的客人,请按住宅的门铃。"

按下门铃之后,听见一阵嗵嗵嗵嗵的下楼声,接着出来了一个男孩子。

我猜他大概上小学四年级。

我说："我想买鸡蛋。"他便问我："需要哪种？"我回答道："五百日元，棕色的那种。"

今天，我把从家里到处搜出来的零钱，装在口袋里带过来了。

我把一把十日元、五十日元和一百日元的硬币递给他之后，男孩子很认真地数了起来。

不知道是因为雨停了，还是因为正好是早饭时间，鸡在宽敞的院子里特别有精神地嬉戏着。

由利乃很喜欢这里的鸡，每次从这里路过都一定会隔着网观察它们。

那个眼神，跟小时候的拉拉一模一样。

我隐约记得拉拉也是这样，安静地、专注地看着那些鸡。

由利乃肯定很想钻进去和它们一起玩。

今天也是怎么拖它都不想走。

其中一只鸡注意到了由利乃的视线，走到了由利乃的身边。

它们隔着网，注视着对方。

路过的大婶看了都忍不住笑了。

今天晚上，有人来家里做客。

我把这次共事的插画家和编辑邀请到了家里。

我很期待。

我现在正在读《失去的名字》，这本书非常有趣。

作者玛丽娜应该是出生在南美洲某个国家。

她五岁左右的时候在自己家附近被拐走了，之后被扔在了热带雨林里。

她和猴子们一起在热带雨林里生活了很多年。

我目前只读到了这里。

玛丽娜是她自己取的名字，她并不知道父母给她取的名字是什么。

她也不知道自己的生日。

所以她也并不是很准确地知道自己现在到底几岁了。

但是，有着那样经历的她，去了英国生活，在那里结了婚生了孩子，真的很令我钦佩。

如果猴群没有接纳她、让她成为同伴的话，或许她的命运就很不一样了。

今天的菜单，大概是这样的：

生火腿

时令洋葱的蔬菜浓汤

豆子沙拉

天然比目鱼的昆布风味刺身

芦笋配太阳蛋

江户前穴子（星鳗）

野菜天妇罗

乌鱼子荞麦面

油炸豆皮和油豆腐的姐妹炖

（如果还吃得下的话）油炸锅巴

星鳗是生烤，还是拿来烧呢，我有点儿犹豫不决。

野菜，大概是今年最后一次吃了。

看着熟睡的由利乃，我就忍不仕想要拍下来。

5月18日

品味余韵

我太喜欢女子会了。

没有比这更棒的了。

只有女生的聚会,让我极度舒适。

因为来了客人,所以我会做很多菜,第二天把剩下的料理吃掉,还可以品味余韵。

早饭是星鳗盖饭。

江户星鳗品质实在是太好了,所以我没有全部拿来烤,而是留了一半拿来烧。

其实如果有星鳗的骨头和头一起的话是最好的。
即便只有一半,味道也还是十分浓厚。
北海道的芦笋是别人送的伴手礼,十分鲜嫩多汁。
把水波蛋放在上面一起吃。

我真的没有见过比芦笋更上镜的蔬菜了。
光是看着就心情愉悦。
能够连续两天享受如此奢侈的美味,真是幸福。

只有女人的宴席很安静,不会有人胡闹。这一点我很喜欢。
喝酒也很适度,可以享受"微醺"的快乐。

男人之间的喝法,看着就像在暗暗较劲比拼"究竟谁更能喝"。对方已经喝得大醉了,即便如此还是一边说"没问题没问题",一边把对方灌到不省人事。

只知道一个劲儿喝酒,料理碰都不碰——女生之间就不会发生这种事,下厨的人也会觉得自己的辛苦没有白费。

两位客人都很会吃东西。

我沉浸在女子会的快乐之中的同时,企鹅也如愿以偿地去了他心仪很久的寿司店,享受了一回一个人吃高级寿司的快乐。我们各自都度过了一个快乐的夜晚。

刚才,我把《失去的名字》读完了。
真是一本好书。看到最后一页的时候,我不禁落泪了。

在热带雨林和猴子一同生活的玛丽娜鼓起勇气,自己回到了人类世界寻求帮助。
然而等待她的却是接连不断的暴力。
屡屡被信任的人背叛。
她不停地换着名字,好几次直面死亡。
即便如此,她还是抓住了那一线生机,活了下来。
是她坚信自己会遇见爱的人、组建自己的家庭的信念,让她坚持到了最后,让她始终没有堕落。
虽然她已经不记得了,但我想那一定是因为玛丽娜出生的家庭带给过她的温柔和温暖，深深地刻在了她的灵魂深处。

此外，我想是接受了她的猴群的世界，带给了她聪慧。

有一天，在一位真正关心她并且相信她的邻人的帮助下，她终于走出了不见光明的日子。

并且，终于有了"露丝·玛丽娜"这个名字。

那大概是她十四岁时的事情。

露丝代表着"光"，玛丽娜代表着"海"。

终于，她不再是动物，也不再是街头流浪的小孩，而是作为一个人重生了。

后来玛丽娜移居英国，遇见了她的伴侣，有了两个女儿和三个孙子。

在一个像是热带雨林的地方，他们一家人凑在一棵树前拍的那张照片让我印象非常深刻。

玛丽娜的笑容，特别好看。

这是一部让人回味的作品。

很好读，有跃动感的翻译十分精彩！

5月26日

黄金周二

今天是由利乃去幼儿园的日子。

早上,我把幼儿园的背包拿出来,由利乃似乎就明白了,仿佛在跟我说:"对呀,今天是可以去幼儿园的日子呢!"九点半园长来接它的时候,它特别高兴。

平时很少在走廊跑动的它,全速跑过走廊,奔向了园长拿来的狗笼。

作为主人,我高兴的同时,心情也有些复杂。

从幼儿园回来的时候,它会迟迟不愿意从笼子里出来。看样子是真的很喜欢幼儿园呢。

我最近在思考，我们家对由利乃来说是不是有些太舒适了呢。

就像远离战争的日本人缺乏危机感一样。

幼儿园放假的一个半月里，由利乃变成了一只非常自我的狗狗。

以前就很稳重，沉浸在自我的世界里，现在简直是超级自我。

幼儿园的老师建议我要多给它一些刺激。

的确，可能跟我一直待在一起的话，就会变得特别无欲无求。

没有不安，也没有任何不满，这样满足的生活固然是好的，但相反我很担心它的成长就此打住。

让由利乃吃汉堡肉它会很开心，但这样做是对的吗？

如果吃得太好了，吃东西变成了生存唯一的乐趣的话，会不会对其他事物渐渐失去兴趣呢？

这一点在人身上也适用。

每天都能吃到好吃的，当然是一种幸福，但这样会渐渐失去饥饿精神。

——今天早上我和企鹅一边吃米粉，一边讨论了这样的话题。

企鹅从上周开始，就去上学了。

上学其实是每周一次、每次两小时的成人学校。

他说他选了江户文化讲座。

因此今天周二，由利乃去幼儿园，企鹅去学校，就剩下悠闲的我。

难得一个人吃午饭。

每周有一天能够偷一次懒，还是挺不错的。

虽然我内心对由利乃汉堡肉还有很多疑问，但今天我又做了一次。

整个房间里都是肉的香味，让人难以克制。

就连人都是这样，对身为狗的由利乃来说，更是无法抗拒。

我看看，现在刚过五点。

考虑到由利乃回家的时间，能去泡澡的只有现在这会儿。

但是今天气温很高，外面还很热。

那就没有必要跑去澡堂泡澡了。我接下来做什么好呢？

趁这个机会，来点儿啤酒也不错。

由利乃汉堡肉当下酒菜，味道一定不错。

反正是独自一人，吃饭可以凑合着吃些现成的。

是喝啤酒，还是去泡澡呢？

嗯——

难得有这样的机会，还是选啤酒吧。

偶尔一边看看录下来的电视剧，一边小酌几杯也不错。

散步的战利品是花。

走在公园一角的英式花园里，碰巧遇见工作人员正在修剪枝叶，我觉得把剪下来的花朵扔掉很可惜，于是拜托对方把这些都给我。

那位女性工作人员把花三两下捆在了一起,我拿回家原封不动地插进了花瓶,但没想到特别好看。

跟以前插的那些花相比,这次的花可能是和这个花瓶最相配的。

不过花的名字太复杂,我给忘了。

花瓶看上去好像也在为此欣喜。

5月30日

防暑对策

今天的早饭和午饭,也是中华凉面。

我已经记不清这是这个月第几次吃中华凉面了。

明明才五月。

但是这么热的天气,除了中华凉面别的都不想吃。

我的做法很简单,我喜欢放黄瓜和蒸过的鸡小胸肉这两种食材。

不过今天吃的是没有放黄瓜的中华凉面。

企鹅他一不小心把买回来的黄瓜全部都放到米糠里了。

没有黄瓜的中华凉面根本不能算是中华凉面！虽然我心里面是这么想的，但我还是决定，总之先吃吃看。

摆盘非常不讲究，就像乡下的大婶急急忙忙做出来的。

不过，里面放了煮过的豆芽，吃起来口感非常爽脆，缓和了几分黄瓜缺席的寂寞。

最近我迷上了果冻和寒天[1]冻。

这些东西非常有助于防暑。

有老年人的设施，也会和茶饮一起提供果冻。

的确，比起喝冷饮，吃下冰冰凉凉的固体，冰凉的温度可以保持得更久一些。

果冻主要是咖啡果冻。

冲咖啡的时候，浓度做成平时喝的时候的两倍，用明胶缓缓地让咖啡凝固。

用勺子去挖的时候，看似不太好挖起来，但又恰好能挖起

---

1. 海藻提取物，可用于制作果冻等食品。——编者注

来的凝固程度是最合适的，每五克明胶我会放入四百毫升咖啡液。

吃的时候淋上蜂蜜和牛奶。

吃到最后会变得像咖啡牛奶一样，也同样美味。

寒天冻的制作很简单，只需要让水凝固就可以了。

同样也是要尽可能地稀释，不能做得太硬。

吃的时候，加点儿黑蜜和黄豆粉。

顺带一提，黑蜜也是我自己做的（很简单）。

冰箱里总是备有两者中的一种。

另外，我还做了一些甜酒放着，等热的时候拿来喝。

由利乃也很喜欢甜酒，喝起来是大口大口的。

由利乃的防暑对策是，穿打湿的T恤。

散步的时候，用水把T恤弄湿，然后穿着出门。

换成是一年前的我，看了一定会愤慨地说："这么热的天气，还硬要给狗狗穿上衣服，真是太可怜了。只是为了满足狗主人的自我价值感,就让狗狗穿上衣服,简直太过分了!"

但是由利乃很怕热,比起冬天,现在这个时期反而更需要穿衣服。

毕竟它有一身厚厚的毛。

在家里面的时候,湿毛巾的效果也很好。

我在印度找到的这个布料很凉爽,触感非常好。

我会直接把这个披在它身上,或者裹在它身上。

这让我想起了印度的大叔们腰上裹着布,站在路边上的样子。

这个夏天的目标也是零空调生活。

要想办法让狗狗和人熬过这酷热。

6月10日

浴衣

最新一期的《七绪》是浴衣特辑。

浴衣这种东西类似于睡衣,所以我始终有些排斥穿浴衣外出,更不要说出远门了。

因此我虽然赞成夏天穿和服,但是我不会穿浴衣,我更偏爱麻做的和服。

不过后来我遇见了这件犬仔浴衣,让我开始觉得浴衣其实也挺不错。

我穿着犬仔浴衣外出前往的地方是郡上八幡,是这次《七绪》特辑报道的主题地。

说起郡上八幡，那当然会想到郡上踊[1]。

接下来才是舞蹈的季节，虽然我没有能够实际参加节日活动，但还是感受到了节日的气氛。

据说郡上踊有三种神器：浴衣、手帕和木屐。

手帕采用了当地的丝印，可以从众多花纹里面选择颜色，制作一条原创的手帕，让我很是满足。

木屐也可以定做，在用本地出产的扁柏制作的无瑕的一整块木板上，搭配自己喜欢的鞋带。

本来，一般木屐大多使用柔软的梧桐，但郡上踊的精髓在于用木屐在地面上踩踏出声响，所以如果太软的话鞋底马上就会断掉。

因此，人们才会用一整块结实的扁柏，制作出跳舞专用的木屐。

即便如此，舞蹈结束后，会场还是到处都散落着很多木屐上掉落下来的木屑。从中很能感受到大家对舞蹈的热情。

---

1. 郡上八幡地区每年夏天的传统舞会。

我选了和盐濑半幅腰带相同的蓝色鞋带。鞋带是小巾刺绣的图案。

因为怕跳舞的时候拖鞋滑落,所以我让店家把鞋带扎得很紧。

鞋底最下面没有贴橡胶,走路的时候嘎嗒嘎嗒响的扁柏木屐,是郡上踊专用的。

我盘算着什么时候带着三件神器参加为期四天、从晚上跳到天亮的盂兰盆会。这次先去参加在青山举行的郡上踊。

这次的《七绪》,有细致地讲解如何把浴衣穿得漂漂亮亮的,内容很充实。

和服入门,先从浴衣开始是很不错的,作为日本人,最起码也想把浴衣穿得美美的。

这次一起刊载的还有我最喜欢的石田千女士的特辑,我真是不能再高兴了。

话说回来,夏季的和服还让我想起了一件事。

是我参加茶道练习那时候的事。

有一位穿着很有通透感的薄和服的女性，和服穿得非常服帖。但是从后面一看，哎呀呀……竟然连内裤的花纹都看得一清二楚。

只有本人没有察觉，怪可怜的。

是的，我想说的就是——

夏季和服一般都很透，所以一定要注意内衣的穿着。

如果穿的是袷[1]，面料本身就很厚实，所以不需要担心这个，不穿内裤才是正确的穿着方式。

那样上厕所也比较方便，为此还裹了裾除[2]。

而且本来古代也没有内裤这种东西。

我去参加茶道练习的时候，也是这么穿的。

但是夏天这个穿法可就行不通了。

不穿内裤的话，凉快是凉快。

---

1. 夹衣。
2. 衬裙。

但是夏季和服的穿着，得有很多需要考虑的地方。

关于这一点，我不久前买的麻的内衣就格外优秀。

像甚平[1]一样分成了上衣和下面的裤子，下面像衬裤一样，穿着方便。

而且很凉快，简直完美！

犬仔浴衣，是我两年前因为《七绪》的采访去往高知县的时候，偶然路过一家和采访完全无关的和服店，一时冲动买下的。

当场就把稿费花出去了，我也对自己很无语，不过这次它能够以这样的方式重新问世，我还是很高兴的。

而且是发生在我成为爱狗人士之前的事情，颇有命中注定的邂逅的感觉。

和服花纹上的无数小狗，跟由利乃长得一模一样，这让我忍不住笑了。

今年夏天，我准备穿上犬仔浴衣带由利乃去散步。

---

1. 一种日本传统服装，通常为男性或儿童夏日所穿家居服。

6月13日

室友

昨天吃的是企鹅的爱心烤肉大餐。

企鹅从韩国食材店买了肉回来,在家里为我烤了肉。

他还买了韩国泡菜和配烤肉吃的生菜,让我感觉自己仿佛在韩国。

肉买的是盐味牛舌、横膈膜肉,横膈膜肉已经用酱汁腌好了。

我只负责吃,所以我乖乖地坐着等他烤。

吃天妇罗的时候,则是我来负责炸,我几乎都是站着吃的,所以烤肉的时候能够这么省心真是开心。

接下来天气会越来越热,能不进厨房最好了。欢迎"企鹅爱心烤肉"随时开门营业。

我突然想起来,我家的阳台上最近住了一只蜥蜴。

它并不是一天到晚都待在那儿,但每当我以为它是不是跑到别处去了的时候,它便又跑回来了。

虽然我很担心它会被由利乃抓来吃掉,但更让我害怕的是企鹅。

因为他每次看见虫子,都会在家里引发一阵骚乱。

就在前几天,他在家里鬼叫。

他让我赶快过去,我还以为发生了什么事情,结果他说有只虫子。

而且仔细一看根本就不是虫子,是垃圾。

一遇到这种事情,就完全指望不上企鹅。

看来企鹅还没有和我家的这只蜥蜴相遇。

话又说回来,家里有虫子是很正常的。

镰仓也有很多虫子。

恰好在两年前，我曾经在镰仓借住过几个月。

去的当天就遇见了蜈蚣。

后来我才知道绝对不能踩死蜈蚣，听了背后的理由之后我吓得脸色苍白。

如果把蜈蚣踩死的话，它就会发出呼叫同伴的信号，这样就会引来更多蜈蚣。

而且蜈蚣总是夫妻一起行动的，只要看到了一只，就还会有另一只。

被蜈蚣刺到的话，可是很疼的。

镰仓的居民都有自己对付蜈蚣的策略。

比较普遍的做法是，往活的蜈蚣身上浇开水。

前几天被我打搅的摄影师，则会把蜈蚣泡在油里。

这样一来，以后被蜈蚣刺伤了，就可以用这个油当药擦。

其他还有人专门准备了捉蜈蚣用的钳子，还有人叮嘱我说洗衣服之前一定要看看衣物里面有没有蜈蚣，穿鞋子的时候也要小心。

每次我去寻求对付蜈蚣的方法的时候，对方则会很吃惊地说：“东京居然没有蜈蚣吗？”

东京确实好像不常看到蜈蚣。

说起令人害怕的东西，我也很怕鬼。

现在总算是不害怕了，可以像这样把这些事情写下来，但是我在镰仓遇到过好多次"鬼压床"。

去镰仓不久，有天晚上我就遇到了"鬼压床"，在床上痛苦呻吟。镰仓的各个地方都曾经流淌过鲜血，有鬼也不是什么怪事，这样想了想之后我也不觉得奇怪了。

有一次大白天睡午觉的时候也出现了一次"鬼压床"，我还记得我当时心里很郁闷："至少午觉就让我好好睡吧。"

我不是那种会看见什么东西或者特别敏感的体质，如果是这方面很敏感的人那可就惨了。

我觉得蜈蚣和鬼怪都和湿气有关。

在特别干爽的地方，好像就不会出现蜈蚣和鬼怪。

我觉得一定是湿润的空气招来了各种东西。

所以在镰仓的时候，我有很多"室友"。

这么一想，蜥蜴能在我家这种枯燥无味的地方生活下去，真是难为它了。

6月27日

釜饭

6月是企鹅和由利乃生日的月份，为了庆祝我们去了轻井泽。

这是由利乃第一次坐新干线。

虽然它很紧张，但是乘车期间它在笼子里很乖。

轻井泽的空气沁人心脾，这一点连狗狗都能辨别出来。

每次去散步，它都会一蹦一蹦的，特别闹腾。

看到它高兴成这样，我也特别高兴。

吃饭也可以带狗去，在房间里我们也待在一块儿，这三天的旅程由利乃应该过得特别满足。

悠闲地泡了温泉，做了身体美容，吃了好多美味佳肴，最重要的是可以尽情地呼吸和东京截然不同的空气。

要是由利乃能嫁出去，给我在轻井泽买栋别墅就好了。

在回程当天，企鹅终于拿出了他的看家本领。

最开始我们是打算在东京站买便当作为晚饭回家吃。

结果他突然说："等等，我记得轻井泽有釜饭。"

"釜饭？"我说道。

以前我也在外地吃过很有名的釜饭。

但是都没有给我留下很深刻的印象，没有特别想再吃一次的感觉。

"这里的是元祖釜饭。我记得我很久以前吃过。"企鹅很坚持地说道。

听到企鹅说"很久以前"的时候，就要小心了。我几乎都不会当真。

"很久以前"的东西的确是好东西,但是其中一大半都随着时代的变迁而不复存在了。

但企鹅丝毫不让步:"我决定要吃釜饭!"

结果,我输给了企鹅的气势,决定吃釜饭。

只不过在新干线上吃我觉得还好,但是要作为伴手礼带回家就有点儿沉了。

JR 车站里面我们还要提装着由利乃的笼子,光是这个就够辛苦的了。

再加上釜饭,行李确实够沉。

本来打算坐电车回家的,结果不得不改成打车,花了一大笔钱。

来说说回家当天的晚饭——釜饭。

配上旅行前腌上的米糠茄子和黄瓜。

我很震惊。

比我想象中有料。

竹笋、香菇、牛蒡、鸡肉,分别都经过细致的处理。

真不愧是元祖釜饭。

据说在夏季,光是轻井泽车站的小店一天就能卖一千份。

米饭的量也很足,我满足至极。

虽然很重,但是值得我们这么辛苦地搬回来。

听说用釜(铸铁锅)来煮一合米刚好,下次我一个人吃饭的时候也试试用这个锅来煮饭好了。

由利乃,满一岁啦!

7月7日

前往拉脱维亚

今天,接下来我要出发去成田机场。

为了取材,这次我要么到波罗的海三国之一的拉脱维亚。

第一次去陌生的国土。

国土面积的一半都是森林,光是这一点就让我心驰神往。

我去出差,所以企鹅和由利乃一起看家。

我做了一大堆由利乃汉堡肉囤在冰箱的冷冻室里,还给企鹅做了羊栖菜。

我这个月月末回来,所以整整三周都不在家。

我从来没有和由利乃分开过这么长时间（至今为止最长的一次是去郡上八幡的三天），说实话我有点儿不安。

我总是和由利乃形影不离，这样的生活已经变得如此理所当然，自己能不能忍受和由利乃分开三周，我也说不准。

由利乃似乎也察觉到了什么异样，有些反常的举动。

散步的时候它会莫名其妙地反抗，晚上有时候不睡觉。

而此时它正在我的脚边做记号。

从前一阵子开始，我就千叮咛万嘱咐地把照顾由利乃的注意事项，跟企鹅讲了一遍又一遍。

神啊，拜托您了，请保护好留守在日本的企鹅和由利乃。

这就是我此时最真切的心情。

以前听过拉脱维亚这个名字，但并不知道这个国家到底在什么地方。

中间隔着波罗的海，就在北欧的正下方，位于欧洲最边缘的位置，旁边是俄罗斯。

因为位置的关系，拉脱维亚被其他国家统治过，有着一段不平静的历史。

正因为如此，拉脱维亚人把他们引以为傲的手工艺技术好好地保存了下来。

最初印象让人觉得十分治愈的拉脱维亚手工艺，竟然有着这样的背景。

究竟会邂逅怎样的风景呢？

或许拉脱维亚会成为我心目中的第二个柏林，让我一见倾心。

7月8日

极昼

从成田机场乘坐十个小时的飞机,前往赫尔辛基。

在飞机里,我读了RADWIMPS野田洋次郎写的《Ra Ri Ru Re 论》。

电影只看了《艺术大师》这一部。

把赫尔辛基作为步入欧洲的起点,也许是一个最佳选择。

从赫尔辛基换乘小巧的螺旋桨飞机,目的地是拉脱维亚首都里加。

视线的下方是波罗的海,没有波浪,十分平静。海面上的云影乍一看像岛屿,总觉得和濑户内海有几分相似。

我突然很想吃乌冬面。

顺带一提,拉脱维亚的大小和四国好像差不多,有将近两百万人在那里生活。

在我毫无根据的想象中,里加应该是一个阴沉的城市,但实际上它是一个很活泼明快的城市。

不是因为天气好,而是整体的色调很明朗。

这里的人也非常开朗,这次给我做向导的乌吉斯日语特别好,是一位随和的青年。

平和,温柔,而又朴素。真是一个非常不错的城市。

拉脱维亚虽然地理上属于北欧,但我总有种来到了南欧的感觉。

比如,意大利、葡萄牙。

绿色植物很多,带着恰到好处的都市气息、恰到好处的乡村气息,我好像特别喜欢这种绝妙的组合。

古老的建筑也很多，光是眺望小径就感觉十分治愈。

晚饭时我来到了酒店旁边的餐厅。
从在赫尔辛基上飞机那一刻开始，我就特别想喝啤酒。
据说拉脱维亚受到了德国的影响，啤酒特别美味。
先庆祝一下旅途的顺利，来一杯拉特加莱啤酒，干杯！

啤酒中的那一点微酸恰到好处，看来这就是拉脱维亚的味道。
让我来看看，在这里究竟能喝到哪些风味不同的啤酒吧。

还有一件不得不说的事情：拉脱维亚的黑面包太好吃了！
不会太重，也不会太轻，让人吃得停不下来。
对拉脱维亚人而言，黑面包就好比他们的名片。
听说旅行的时候，他们都会把黑面包装进旅行箱里。
我现在也能明白他们的这种心情了。

快晚上十点的时候我走出了餐厅，可是外面的天依旧明亮。

听说是因为刚过夏至，差不多十一点才会日落。

原来这就是传闻中的极昼啊！

夜晚也不会变得一片漆黑，一直都有朦胧的光亮，直到习惯为止我都觉得很不可思议。

今天接下来我要乘车前往拉特加莱。

早上起得很早，其中也有时差的缘故，我在酒店前面的公园里散了散步。

夜里，听到了像是海鸥的鸟的叫声。

由利乃，你过得还好吗？

7月10日

拉特加莱

不管往右还是往左,全都是森林、森林和森林。

心情舒畅,有种放飞自我的感觉。

从里加坐车去了一趟拉特加莱。

拉脱维亚有几个历史文化区域,每个区域都有各自独特的文化。

拉脱维亚作为一个"国家"而诞生是在1918年,在那之前各个地区是以独立共同体的形式存在的[1]。

---

1. 拉脱维亚1918年作为主权国家独立,但10世纪便建立起封建公国,之后经历过领土被瓜分、占领的历史。——编者注

拉特加莱在几个历史文化区域里面最靠东,和俄罗斯接壤,这里被誉为拉脱维亚的发祥地,也就是说,拉脱维亚的一切都是从这里开始的。

人们保留着过去的生活方式,谦虚肃然地过着日子。

拉特加莱有三项规定。

一、不可进行贸易。不过可以贩卖自己制作的物品。

二、把自己在这片土地上的生活方式,同样地教给子孙。

三、迎接新年的时候,包里不能放钱。要把所有的剩余的钱放进黏土制作的陶器中,封印之后埋到土里。仅限战争期间,可将埋在土里的钱取出。

现在仍然牢记这些教诲的,便是拉特加莱人。

他们用自己的双手去创造和衣食住相关的东西,珍惜而又谦逊、智慧地生活着。

拉脱维亚是以手工业闻名的国家,而这都多亏那里的人们从孩童时期开始便在家里和学校学习手工制作。

据说孩子们到了十二岁便要接受手工制作的相关考试。考试分男女，历时五天。

男孩子们第一天制作木头盘子，第二天用树皮编篮子，第三天用亚麻纺线，第四天制作两代人穿都不会烂的超级结实的草鞋，第五天的测试是钉三根钉子。

女孩子们第一天纺线，第二天花一整天织手套，第三天在亚麻纺织物上刺绣、钩花，第四天用四种颜色制作卡片织式的带子，第五天猜毛毯的制作者是谁。

合格之后，男孩子将被授予短剑和腰带，并且将被允许穿裤子，女孩子会被授予一顶用布做成的特制头冠。

据说如果没有合格的话，将会遭受排挤，很难生存下去。

唉！这些习俗延续到了哪个时代呢？在我吃惊的询问下，他们告诉我现在这里也保留了这些习俗，我便更吃惊了。

没想到拉特加莱的人居然真的理所当然地过着这样的生活。

难怪这些优秀的手工业技能能够代代相传。

河水悠悠地流淌，湖泊闪耀着光芒，森林带来富饶。

珍惜地守护着大自然，小心谨慎而又谦虚地生活着。

我深深地感觉到，拉脱维亚最应当引以为傲的是人们的生活方式。

拉脱维亚的人发自内心地，为活着这件事感到喜悦。

拉脱维亚的人大部分信奉的拉脱维亚神道是多神教[1]。

就像日本有八百万神明，拉脱维亚也住了很多神仙。

而且这些神仙大人都近在身旁，比如，太阳之神"绍莱斯"，对人们来说她就像是一位友好的姐姐，与人的关系十分亲近。

宗教，尤其是一神教，总会让我觉得有些不和谐，但是拉脱维亚神道却让我觉得非常有共鸣。

回到日本之后，我还想更多地了解拉脱维亚神道。

经过沼泽地延绵的美丽湖泊地带的时候，发生了一件事。

扑通一声，我往水边一看，带我游览拉特加莱的罗莉塔已

---

1. 拉脱维亚主要宗教为基督教路德宗、正教、天主教等。此处疑为作者笔误。——编者注

经换上了泳衣,跳进了水里。

最后一丝夕阳即将沉入地平线下,罗莉塔一个人独占了这片美丽的湖泊,那景致实在是太美了,我光是看着就觉得很幸福。

拉脱维亚一定住着精灵。

虽然我看不见它们,但是我有种被它们温柔注视着的感觉。

7月13日

歌舞节

歌舞节五年一次,在拉脱维亚首都里加举行。

对拉脱维亚人而言,唱歌跳舞是对自己存在的一种证明。

从中产生的无与伦比的喜悦感,远超我们的想象。

歌、舞、民族服装,乃是拉脱维亚之魂。

今年举行的是青少年版歌舞节。

从拉脱维亚全国各个地区选出来的三万名孩童,从年龄最小的小学低年级孩童,到二十出头的青年,他们各自身穿当地的民族服装,一起唱歌一起跳舞。

就好像在拉脱维亚举行的一场唱歌跳舞的奥林匹克运动会。

他们在各个地区的学校里，通过类似社团活动的形式各自练习，正式演出的两周前开始住在里加的学校里，所有人一起练习。

整个国家的国民都非常期待这场举国欢庆的盛事。

听说有十万人报名参加今年的歌舞节。

只有选拔出来的三万人能够站在舞台上。

首先，七月十日，我去参观了在道加瓦体育馆举行的"舞蹈节"。

一万五千名孩童身着各自的民族服装，共同起舞。

但很不凑巧地来了一场冷飕飕的雨。

难得孩子们穿上了民族服装，天公却不作美，真是让人心疼。

孩子们跑过被雨淋湿的地方时，不小心摔了跤。

即便如此，他们依然笑容满面。

能够跳舞,就是一件幸福的事。

第二天七月十一日,换了地方,这次是在森利公园举行"歌唱节"。

昨天的雨也终于停了,是个大好的晴天。

身着民族服装的孩子们聚集在了森林深处的会场上。

据说拉脱维亚在欧洲也算是俊男美女特别多的一个国家,的确,这些孩子一个个都长得特别俊俏。

穿着民族服装特别好看。

孩子们好似森林里的精灵。

其中还有高中生年龄的男孩和女孩穿着成对的民族服装,手牵着手走在一起。

对山场的这些孩子们而言,因为议场特别的活动而来到里加,合宿的时候一定度过了一段非常快乐的时光。

站在舞台上的是一万五千人。

台下的七万名观众用目光守护着他们。

真是一番了不起的景象。

但中途开始好像有些不对劲。

当周围有人身体不适的时候,旁边的人会挥舞小旗通知急救组,但后来挥舞小旗求救的人越来越多了。

的确,那天一整天都很炎热。

而且中途还突然变冷了。

看表演的人最开始穿的是短袖,中途都把羽绒服穿上了。

孩子们从头到尾都站在舞台上,左右间隔也很窄。

一直穿着民族服装,也没有办法调节体温。

在里加合宿了两周,处于兴奋状态,现在开始疲劳了。

结果,接连有孩子倒下。

后来演出进行到四分之三的时候,突然停止了。

决断之果断,让我很敬佩。

剩下还有几首歌,如果想要继续进行下去也不是不行。

但是孩子们的身体是最重要的,能够果断做出决策,我觉得非常值得称赞。

当然也没有一位观众对此表示不满。

拉脱维亚的成年人都很稳重。

所幸没有出现有严重症状的孩子，我也松了一口气。
但也有哭起来的孩子，作为在一旁看着的人心情有些复杂。

据说这次事态非常特殊。
甚至连急救组的人手都不够了，观众之中也开始有人参与救护。
我想观众里面一定有那些想要看看自家孩子盛装表演而来的家长，他们一定都急坏了。
也有很多孩子因为担心昏倒的朋友而哭了起来。
也因为这件事，十二日上午在里加中心地区的表演也停止了。
虽然正式表演停止了，但以自愿参加的形式举行的游行开始了。
身着民族服装的孩子们，带领他们的大人，穿着各自家乡的服装，在街道上缓缓地走着。
鼓乐队演奏着音乐，一边唱歌，一边跳舞，时而发出欢呼声，表达着心中的喜悦。

　　人们手里都拿着故乡的花。

　　看着这种美好的样子。

　　我的眼泪止不住地流下。

　　可以感受到这些人的美丽、崇高。他们欢唱、跳舞的样子让人动容。

　　希望我眼前走过的这些孩子，再也不会遭受虐待。

　　祝愿拉脱维亚永远和平安稳。

　　我发自内心地祈愿着。

7月16日

我又来啦!

从里加飞往赫尔辛基,在赫尔辛基度过了两晚,昨天傍晚出发去柏林。

这个夏天我只在柏林待了两周,而且还只有我一个人,但每年我都想呼吸一次柏林的空气。

真是喜欢。

有一种全身飘浮在无重力空间,身体不受控制的感觉。

于我而言是一个让我非常放松的城市。

就好像被一件最舒适的衣服包裹着身体,舒服到会忘记自己穿了衣服一般,也就是说好像裸体一般的感觉。柏林就是一个会让我有这种感觉的地方。

在拉脱维亚感受到的一切,我不想让那份记忆褪色,我小心翼翼地拿着心中盛满回忆的杯子来到了柏林。

拉脱维亚的人,要如何才能回馈大自然带给他们的恩惠呢?

故事的种子已经埋藏在了我的身体里,剩下的就是慢慢地花时间守护这颗种子,让它发芽。

这次我借住在了柏林的一位朋友家。

这位朋友的家人,这段时间刚好回日本了。

从朋友家里可以看见电视塔。

仔细一想,我还是第一次住在曾经的东柏林地区。

我能感受到柏林和拉脱维亚有一些共通的东西。

正因为柏林曾经被坚固的墙壁一分为二,度过了一段不自由的时光,所以才会像现在一样讴歌自由。

而拉脱维亚也一样,因为有着一段被占领的屈辱历史,因此现在才能发自内心地感受和平的喜悦。

他们都很清楚沽看，究竟什么才是最重要的。
拉脱维亚人的高瞻远瞩，解决问题时的智慧，让我真的很钦佩。

我一定还能从拉脱维亚学到好多好多东西。
向他们学习在承认彼此差异的基础上，不伤害到对方，共同生存下去的方法。

7月19日

歌声的革命

以前我都不知道。

当然这个词我是听说过的。

人链。

距今二十多年前,十来岁的我当时在做什么呢?

我很生气,想都没想就把 Line[1] 关了。拉脱维亚不是俄罗斯!

---

1. 一款即时通信软件。

我跟企鹅说,我出去吃个晚饭。结果他跟我来了一句:"罗宋汤吗?"

"才不是。拉脱维亚料理非常非常好吃!"听到我这么说,企鹅又反问我:"但拉脱维亚以前不是苏联吗?"

其实我在来到拉脱维亚之前,也没怎么关心过拉脱维亚的历史。

但是,我现在已经知晓了。

拉脱维亚经历了一段曲折的历史。

拉脱维亚 10 世纪起建立封建公国。

12 世纪末至 16 世纪中受德意志封建主统治。此后,领土先后被瑞典、波兰 - 立陶宛王国瓜分。1918 年拉脱维亚独立,1940 年 7 月成立拉脱维亚苏维埃社会主义共和国,成为苏联加盟共和国。

1990 年 5 月,改名"拉脱维亚共和国",并于 1991 年独立。

两次世界大战后，世界局势总体归于和平。

珍爱和平的心情扎根在拉脱维亚人的心底最深处。

我对过去的自己感到十分羞愧，我曾经对待拉脱维亚的态度是如此失礼。

说到这里我想起来，拉脱维亚人也和日本人一样非常重视正月。

我还以为拉脱维亚和欧洲的其他国家一样，圣诞节才是他们最重要的节日。结果并不是这么一回事。

圣诞节由于宗教不同，信奉的神明是不同的，但正月里庆祝新年的心情不管谁都是一样的。

拉脱维亚除了拉脱维亚裔，还有俄罗斯裔、白俄罗斯裔、乌克兰裔、波兰裔等各种各样的族群存在。

宗教除了自古以来的自然崇拜，还有路德宗、天主教、俄罗斯正教会等等。

在这样的背景下，如何才能把想法不同的邻人团结在一起，拉脱维亚人有很多这方面的智慧。

用积极和平的态度去解决问题，我觉得这是拉脱维亚人最大的优点。

正月放烟花的故事，也很有趣。

正月里，里加会用市里的税金来放烟花，为了确定放烟花的公司，会在夏天举行一场小型的烟花大会。

比哪家公司的烟花得到的掌声最大，胜出的那家公司将会获得正月放烟花的权利。

并且到了正月，人们又会再次一起唱歌。

不管是哪种思想的人，都会唱国歌。

在歌舞节的时候，男女老少眼里闪着光，带着满面的笑容而又自豪地唱歌的样子的确让人印象深刻。

从那里看日本的话，我不禁会思索，我出生的这个国家究竟有没有希望呢？

美国说的话，都是正确的吗？

和美国组成两人三脚，为了打仗不惜跑到地球的另一侧。

　　根本不是在保护国民的生命。这难道不是把国民的生命暴露在危险中，卷入战争里吗？

　　但人们都明白会变成那样，所以如此重要的选举，有接近一半的人弃权。

　　自民党是国民通过民主的方式选出来的政党。

　　总是用"经济"两个字，转移国民的视线。

　　完全把国民当傻子。

　　我现在的请求只有一个。

　　不要用我出的税金去杀人。

　　明知暴力无法解决任何问题，却依然意图成为施暴者。

　　真是遗憾。

　　本来是一个和平又安全的国家。

　　想着现在身在和拉脱维亚相连的陆地上，我就觉得很幸福。

　　坐一个小时飞机就能到里加。

我想我还会再去。因为我真的喜欢上了那里。

不，不能简单地说是喜欢，我十分尊敬拉脱维亚人的生存方式和思考方式。

如果重新投胎，要在日本和拉脱维业中选一个的话，我会毫不犹豫地选择拉脱维亚。

并且，我也要大声地唱国歌。

7月20日

在芬兰

从里加去赫尔辛基，会觉得那里真是一个大都市。

在拉脱维亚几乎完全见不到日本人，但在赫尔辛基的酒店里日本人随处可见。

赫尔辛基可真有人气。

因为我是从一个无比寂静的地方来到了这里，所以一时间没能恢复平静。

这是我第一次来芬兰，这里真是一个安稳的地方。

从各种意义上来说，都非常悠闲。

我以为会感受到更多北欧特有的森严感，现在发现完全不是。

还是德国更严肃一些。

酒店周围游客很多，很热闹，为了不干扰拉脱维亚的记忆，我坐船去了芬兰堡所在的小岛。

在拉脱维亚期间，我也参加过采访团，从早到晚都在不停地取材。

也不知道今天是几号，到了酒店就睡觉。

也完全没有读书的时间。

在前往芬兰堡小岛的船上，我久违地又翻开了《Ra Ri Ru Ro 论》。

虽说是一个小岛，但从港口出发只要十五分钟便到了。

途中看见的很迷你的小岛上，有很鲜艳的红墙房子。

真不愧是芬兰！

这难道就是夏季木屋？

哪天我也想去托芙·扬松避暑的小岛待一待。

我喜欢的那本《吉利和乔伊》的作者，我记得也是芬兰人。

前往芬兰堡所在的小岛，可以使用路面电车的票。

所以有本地人带着狗狗去散步。

真令人羡慕，跳上船就能带狗狗去散步。

哪一天我能不能也带由利乃来这个岛上呢？我忍不住在脑中想象那样的场景。

话说由利乃用的胸背带和牵引绳也是芬兰的品牌。

芬兰的狗狗相当自我。

狗狗的受教育程度和日本的狗狗比，应该不分上下吧。

不，应该日本的狗狗要好一些。

我频繁地看到狗狗拉着主人走，在船里也有一直叫个不停的狗狗。

跟德国那些训得规规矩矩的狗狗比真是天差地别。

从赫尔辛基出发的上午，我去参观了圣殿广场教堂（日语里又称"岩石教堂"）。

真的是在岩石中挖凿出来的，相当庄严肃穆，很帅气，很符合芬兰的气质。

听说教堂里，从早上十点开始有钢琴演奏，我满怀期待地出门了。

但是，体验十分糟糕。
完全不是"糟糕"二字可以囊括的。
钢琴演奏开始以后，却有人拍照的拍照，聊天的聊天。
叽叽喳喳的，很是吵闹。
不遵守礼节的不仅仅是亚洲人，全世界的人都低幼化了。

主办方好几次都提醒大家"安静"，甚至在演奏中也是。
即便如此，也只安静了一瞬间，很快又开始自顾自地聊起来。

明明是一场安静温柔的好演出，结果……
弹奏钢琴的我推测是一位日本人。
为了这场演出，他需要整理好自己的心情，集中注意力，以及练习。
我看了一眼，发现他戴着耳塞在演奏。

闭着眼睛。

把外面的世界彻底隔断,把自己关了起来。

如果不这样的话,应该很难忍受这一切吧。

但是转念一想,演奏者不戴上耳塞就无法演奏,怎么会有这样的事呢?

能在如此宏伟的教堂里听到钢琴演奏,是一件很幸运的事情。

在静谧的空间里,耳朵里只会出现钢琴的音色,这是一件多么美妙的事情。

最后,我很想向他致谢,让他知道也有人认真地听到了最后,我向他说了一声"谢谢",但遗憾的是因为戴着耳塞,所以这句"谢谢"没能传达给他。

希望至少能把钢琴演奏改成付费的。

不然的话,还是不要举行这样的演出比较好。

这样的演奏会,没有人会开心。

不过好在我从最后去的面包店打包带走的三文鱼派,味道好极了。

今天是雨天,周日。
从刚才开始,就能听见雷鸣。

7月21日

世事难料

刚到柏林,我就去了帽子店。
我现在住在米特,我最喜欢的那家帽子店就在附近。
因为我对日光过敏,所以一年四季都不能少了帽子。
我的帽子里面最多的就是她做的帽子。

从众多样品里挑选款式,根据自己头部的尺寸定做。
选好颜色,决定材质,挑选缎带,基本上都是定制。
我看过很多帽子,也戴过很多帽子,只有她做的帽子是最好的。

很高雅、庄重，但又带有几分俏皮，我真的太喜欢她做的帽子了。

她是瑞典人。

非常有专业精神，认准自己的路，一步一步地向前。从她的眼神里就能看出来。

进到店里一看，好多东西都在打折，我觉得很奇怪。

过了一会儿，她告诉我，这家店年底就不再营业了。

我不禁发出惊讶的声音，她对难过的我说，她将会从事整体治疗的工作。

她看上去还挺开心的。

原来如此，是这么一回事啊。

的确，她也有那方面的才能。

朝那条路走下去，一定也会取得成功。

她说现在时机正合适。

眼神里也充满了光。

虽然她说也可能会通过互联网继续制作帽子，但很可能没有以后了。

我心里想着,便把去年……不,应该是更早以前我就看好的、准备送人的帽子买了下来。

也给企鹅买了帽子。

虽然微笑着道了别,但离开店里之后便很失落。

她是一位让我发自内心喜欢的人。

我走到附近的咖啡店,结果去了才发现这里已经变成别的店了,三年前居住在柏林的时候经常去的餐厅也不在了。

我走到市场,打算买香肠来吃,结果卖香肠的大叔也不在了。

回去的路上,我打算预约阿育吠陀[1],找了找店的位置,结果这里变成了一家瑜伽教室。

那位教授阿育吠陀的老师,我也喜欢得不得了。

她会用她的手掌,像吸尘器一般一股脑儿地把对方身上不

---

[1] 关于生命长寿的科学,是在全球流行的古印度治疗体系。

好的东西全吸走，光是看着她的笑容就能驱赶所有的疲劳，她是一位非常快乐的人。

去年夏天我最后一次去的时候，她说她家就在离店不远的地方，最近遭了小偷，难得看到她沮丧的样子。

不知道她是不是因为这件事，不想住在这个地方了。

如果只是搬走了，那倒也还好。

世事难料啊，这次真的很让我感慨。

以为它们会一直在那个地方，因而很安心，结果还是有一天会突然消失。

在我为此痛心不已的时候，从日本传来了一个悲伤的消息。

我之前提到的比起 NOMA 我更喜欢的那家中华料理店，也将在八月底关店了。

这次出发来到拉脱维亚的前一天我才刚去过。

没有力气在家做饭的时候，我会毫不犹豫地选择那家店。

那家店和星级、米其林、流行、杂志什么的扯不上关系。

但每次去的时候店里都打扫得亮堂堂的,三两下就能把菜做好端上来。

炒饭配的汤,每次店里的老奶奶都会给我两人份,人特别温柔。

但是听说老爷爷七十三岁了,身体不太好。

我一直以来都把这些当作理所当然的存在,但其实并不是这样。

我还能再去的也就那么一两次了。

我想要再吃一次炒面,麻婆豆腐我也想吃,还有排骨饭。

得知这件事的企鹅,一天去吃两次,中午去一次,晚上去一次。

我很想他替我把我那份也吃了。

今天下午三点过后,雨停了,我便在附近散了散步。

随便找了一家路过的咖啡店进去喝了一杯拿铁,看了一会儿书。

我之前也在这一带的公寓住过两次,不看地图也能大致找得到方向，这一点我很喜欢。

五点左右从店里出来，又到处晃了晃。

走着走着，路过了一家舞厅。

我很喜欢这个地方。

特别有柏林特色的一个地方。

第一次因为 JAL 的航空杂志的工作来到柏林的时候，我就被带到了这里。

当时在柏林连东南西北都分不清的我，来到了这里，一下子就喜欢上了柏林。

那时候是初春，我记得我好像吃了一份堆得像小山一样高的白芦笋。

虽然已经走过了，但我还是折了回来。

果然还是得喝杯啤酒再回去。

想是这么想的，但实在是太冷了，我放弃了啤酒，决定来一杯德国的红酒。

对，这才是德国应有的量。

虽然这个杯子配上这个量实在有些比例失调，但是既然写了二百毫升，比这多了或者少了都会让人觉得不舒服。

精准，才是德国人的美德。

小口小口喝着红酒的我，一不小心输给了诱惑。

本来我今天打算去吃越南料理的。

冷飕飕的天气，我想去吃一份暖暖的越南河粉。

结果一不留神，我已经下单了一份炸肉排。

唯独炸肉排不管在哪家店吃都不会"踩雷"。

虽然感觉像是澳大利亚料理，但这是德国引以为傲的炸肉排。

非常好吃。

肉的下面铺的是酸甜味的土豆。

这里的人好像会蘸着甜甜的果酱吃，但我只挤了一小块柠檬。

每次吃炸肉排我都会很后悔没有带日本的炸猪排酱过来。

把盘子里的吃得干干净净，我微醉地回到屋里。

整个人都很冷，便泡了热腾腾的玉米茶来喝。

从明天开始，好好写故事。

7 月 22 日

合理的

拉脱维亚的导游乌吉斯讲了一件让我很感兴趣的事。

是有关自杀的事情。

据说在几年前,拉脱维亚在全世界都是自杀率相当高的国家。

而邻国立陶宛的自杀率更是世界排名前列。

但接下来要讲的是拉脱维亚的惊人之处。

有人调查过,自杀的人选择在什么时候自杀。

当然不管是哪个国家都会做这样的调查。

经过调查发现，十月中旬开始到十一月中旬，自杀的人数会增加。

这个时期，天气变冷，日照时间变短。

于是，有人便开展了一场让整个城市都明亮起来的运动。

名为"灯饰节"。

后来拉脱维亚各地都开始举行这个节日。

自杀的人也变得越来越少，效果非常显著。

特别成功。

说起自杀，很容易被认为是精神方面的原因，但也有不同情况。

听说抑郁症也可能因骨骼不正、睡眠不足等不健康的因素导致。

日照时间变少，天色变暗，所以有人会变得想死。于是，人们依靠电力让整个城市从物理上明亮起来。

这种合理的想法，很符合拉脱维亚的作风。

真不愧是，良都美野[1]（如果写成汉字便是这几个字）。

这种充满智慧的思考方式，让我很是感动。

拉脱维亚人，是智慧的民族。

导游乌吉斯也是一个有趣而又聪明的人。

虽然直到现在，他说话的独特语调都还留在我脑子里，让我有些发愁。

乌吉斯对日本产生独特的感情是在他还很小的时候，大概五岁的样子。

看见浮世绘和草书字体的他，被这种美所震撼，开始自学日语。

乌吉斯既没有日语老师，也没有留学日本的经验。

他完全是通过自学，学会了日语。

他的词汇量远超我的想象。

接连说出很多我们日本人自己都不知道的日语。

---

1. 这四个汉字在日语里面可以读作 ratobiya，同日语中拉脱维亚的发音。

都是些日本人不知道也不会用的词语，但是在字典里都能找得到。

至今为止他也只去过日本三次。

停留在日本的时间加起来也不到五十天。

他是一位特别特别喜欢日本的好青年。

既然那么喜欢，怎么不在日本住一段时间呢？我问他。

结果他一脸严肃地回答说："如果自己去了日本的话，可是会给拉脱维亚这个国家带来困扰的，所以去不了。"

我觉得他说得太夸张了，但离开拉脱维亚的时候，我发现不仅仅乌吉斯是这么觉得的，所有国民都是这么认为的，我才明白他真的没有夸张。

现在在日本，可以说出"如果自己不在了会给日本带来困扰"的人究竟有几个呢？

至少我没有资格说出这样的话。

据说对拉脱维亚人而言最羞愧的事情，是变得不像一个拉脱维亚人。

这是开巴士的因塔告诉我的。

拉脱维亚人最讨厌否定自己根源的人。

每个人都十分喜欢自己出生的这个国家。

也许是因为很想要用自己的力量去让这个国家变得更好，所以才没有办法轻易地离开这里吧。

贡献，是拉脱维亚神道的"十得"之一。

把自己的知识奉献给社会，国家因每一个人的成长而进步。

也许两百万的人口对国家团结而言是一个刚好的人数。

离开拉脱维亚，反而更能看清拉脱维亚出众的智慧和美丽。

今天白天我在 Line 上和企鹅说了一会儿话，接着就在沙发上睡着了。

等我醒过来，已经是傍晚五点半了。

途中醒了好几次，可就是起不来。

可能是因为最近积累了太多疲劳。

好像我不在由利乃也没什么问题，我也安心了。

出发前，我真的很担心。

万一它不吃饭了怎么办，要是它一直在门口等我怎么办。

可能企鹅有好好地照料它吧。

而我最大的担心是，自己离开了由利乃能不能保持平常心。

结果揭开神秘面纱的那一刻，彼此都泰然自若。

当然也和企鹅认真的照顾有关。

由利乃比我想象中更成熟。

把狗狗培养得即使我不在了也能够好好地生活下去，我认为这是作为主人的一项义务。从这一点来看，由利乃做得很好。

看来由利乃也不是那么柔弱。

远不及去年夏天和可鲁告别时的场面。

每次看到路过的狗，它都会想起可鲁。

迫不及待地想要见到可鲁。

我很庆幸，由利乃不是一只弱不禁风的狗狗。

心情调整很快，真不愧是法国犬！

早早地就把我的事情抛在了脑后。不过只要一见面肯定就会想起我，所以没关系。

企鹅不满足于我备好的那些由利乃汉堡肉，还研发了一款独创的狗粮。

我在的时候，由利乃总是会跑到我这里来，而现在看来，企鹅成为它心中的 No.1 也不是完全没可能。

呵呵，真是一场真实的"妈妈游戏"。

唯一让我担心的是，它好像吃太多了，体重有些增加。

今天我一定要去越南料理店里吃河粉。

在那之前，来一份春卷，一杯啤酒。

7月23日

周末的心情

一到周四,便开始闻到周末的芬芳。

周五的下午,人们开始飘飘然,周六达到最高潮。周五和周六公共交通整晚都会运行,夜猫子变多,外面到了很晚都依然很热闹。

到了周日,却又一下子安静了下来。除开繁华地区的一部分餐厅和咖啡店,超市、小商店都几乎不开门。

周日,是所有人休息的日子。我很喜欢这种模式。

这样可以在周日,把一周的疲劳清零。

又能以新的面貌,迎接从第二天开始的新的一周。

就好比每周都会迎来一次大年初一，这么说会不会更好理解呢？这种张弛的节奏，我很喜欢。

今天早上，我用豆腐和鸡蛋做了炒豆腐。

柏林的豆腐很结实，特别新鲜，不吃一次这个都不能算来了一趟柏林。

包装盒用完之后，也会回收利用。

这样一来，除了冰箱里买来做沙拉的嫩叶菜，冰箱里的东西都吃完了。

在异国他乡，在不熟悉的厨房里做饭，这已经是极限了。如果是和企鹅一起也还好，但是做一人份的料理还挺难的。

而且去外面，到处都是便宜又好吃的餐厅。趁此机会，我很想为那些在异国他乡努力做饭的日本人打气。

所以最后一周，我决定干脆都在外面吃饭。

而且不做饭，节约下来的时间可以读书。

说起来我还真的没有像这个夏天一样，如此尽兴地品味过柏林。

从来没有像现在这样，沉浸在柏林的氛围中。没有发生什么特别的事情，哪儿也没去。

连 S-Bahn[1] 和 U-Bahn[2] 都没坐过一趟。完全没有出远门。

只用了去年没用完的车票，坐了一下路面电车，除此以外都是在步行能到达的范围内行动。

既没去美术馆，也没去演奏会。

没办法，待在家里心情就特别好。从窗户望出去是一个公园，一大片绿在眼前铺开。

剩下就只做了一件事：写故事。

对了，有一个紧贴在窗户上的机器，最开始我也不知道是什么东西。

而灿烂的阳光隔着窗户照进来的时候，我终于明白了，答案让我大吃一惊。

有阳光照射的时候，这个机器会自己产生能量，挂在下面的两个透明装饰会转来转去。这样一来，由于反射，白色的墙

---

1. 市郊铁路。
2. 地铁。

上便会出现五彩斑斓的彩虹的光芒。

真是一项划时代的发明!

阴天或者夜里它便一动不动,等到太阳再次出来的时候它才会动起来。就像一个有生命的小东西,真是可爱。

不知道这是不是现在柏林很流行的东西。如果知道在哪里卖的话,我也想买一个回去。

走在柏林的街头,最抓眼球的果然还是"双轮战车"。

去年和今年,我都用羡慕的眼神注视着有格调的自行车店里卖的"双轮战车"。

载个两三人完全没有问题,而且还有孩童用的安全带。

用这个我就可以载上可鲁和由利乃,带它们一起去狗乐园。

拿出吃奶的劲踩脚踏板的话,说不定还可以拉上企鹅。

还有那种带有豪华车篷的,看着就觉得很有意思。

昨天我去了附近的越南素食餐厅。

我一个人就可以随心所欲地点自己喜欢的东西吃。一连两天我吃的都是越南料理。

外面的座位都坐满了,所以我坐在了室内。结果室内光线有些暗,没办法读书,我便看起了iPad里的照片。

结果不小心刷到了由利乃的照片,一下子变得伤感起来。

以前的由利乃,真的好小啊!

突然想起由利乃了,我就特别想见到它。之前一直都没有特别想它的。

别人怎么想怎么说我不管,但是由利乃真的是一只特别可爱的狗。

回家以后我要好好地摸摸由利乃,摸到它嫌我烦。

7月27日

石之意志

我去了柏林犹太博物馆。几年前我也去过一次，这是一个我认为只要来了柏林，能去就一定要去的地方。

博物馆本身是跨越过去的东柏林和西柏林的地界而建的，借此传递着强而有力的信息。

犹如象征着失去归宿的犹太人的命运，屋顶是倾斜的，窗户是不规则的形状，墙壁像是被打破了一般。

从入口进来和搭乘飞机时一样，需要过X光安检。

走下楼梯，一步步往地下走，走廊和天花板分别向不同的角度倾斜，让人陷入一种不安的情绪中。

接下来分成了三条路。

流亡轴象征着从灾难中逃脱，逃往美国、巴勒斯坦、南美洲国家、非洲国家、中国，过着流亡生活的犹太人。通道的尽头有一个院子，院子里立着四十九根水泥柱子。

柱子上有土壤，橄榄和茱萸的枝叶茂盛地延展着。

虽然可以看见天空，但和外界是隔绝的，地板也是倾斜的，走起来都很费劲。

这一切向我们诉说着流亡却依旧无法过上安稳日子的复杂的心境。

而另一方面，死亡之轴象征着未能逃脱、被夺走生命的人的命运。

有排列整齐的遗物和物品的主人的详细介绍。

缝纫机、餐具和毛毯等日用品，本来不过是用完就扔掉的消耗品，却成了牺牲者最重要的遗物。一想到这一点，我就觉得很难过。

其中有在里加的集中营去世的女性的自画像，还有从奥斯维辛寄来的信。

死亡之轴的尽头是浩劫塔，里面什么都没有，一个空荡荡的空间。

在遥不可及的上空，有一丝缝隙，从那里仅能透过一点点光。也能听见外面的声音。

然而，人却无法从那里出来。

如果一直蹲在那里，会让人分不清自己是活着还是死了。

光亮所在的地方就好像天国，唯有死后才能到达光芒所在的地方。

就像在体验被送进集中营的犹太人的心境，这会让人陷入一种绝望的心情。

还有一条通道是连贯轴。

为我们展示了过去、现在和未来的犹太人的生活。

在博物馆里待久了的话，会因为失去平衡感而觉得恶心。

从博物馆出去之后，走在笔直的"普通的"道路上也成了一件幸福的事情。

接着我来到了欧洲被害犹太人纪念碑。

纪念碑就在勃兰登堡门的旁边,也就是说它坐落于很多游客都会到访的观光地的一角。从德国的国会大厦过来也很近。

那里放了两千七百一十一块会让人联想到石棺的水泥立方体,横竖整齐地排放着,人可以从中间自由地通过。

没有任何有关石块的说明。

有人坐在石头上聊天,也有人带着狗来散步。孩子们吵闹地玩着捉迷藏。

这些坚硬的石头,只要不遇上毁灭世界的巨大陨石,便会永远、永远,一直在那儿。

也就是说大屠杀的记忆将会永远、永远,一直保留下来,对此的反省也将延续下去。

把这样的纪念碑放在国家最重要的地方,想忘也忘不了。

是的,德国人为了不遗忘尽了最大的努力。

我真心觉得他们很伟大。

听说德国人在学校也会接受大量关于大屠杀的授课,绝不允许自己把视线从自己犯下的罪行上移开,他们的态度是决绝的。

甚至决绝到让旁观的人感到阵痛。

但是我想他们一定非常清楚,如果不这样做就会轻而易举地遗忘这段过去。

正因为德国正视过去,所以他们现在能够挺胸抬头地面对整个世界。

想到这一点,我觉得日本滞后了不止一点半点。

比方说,可以在国会议事堂前面竖立一座追悼被日本人夺走生命的亚洲人民的纪念碑。

像现在这样,七十来年不敢正视历史,所欠下的债只会变得越来越沉重,我认为这对日本人而言无疑是一种痛苦。

拥有相似的一段历史,七十来年的时间却让日本和德国变得如此不同。

我想也许这跟德国的石头文化和日本的木头文化也有一点

儿关系。

德国以及整个欧洲的人，从百年前开始便住在了公寓里，公寓都是石头做的。

但是日本会发生地震也会发生火灾，所以这种房子只是一个暂住的地方的意识很强。

即便想要留下建筑物，木头做的建筑也无法留存下来。

建筑毁坏了，很快在原地修建一个更结实的建筑。之前的建筑是什么样的，很快就会被遗忘。

就像这样，让过往随风而去。

但是，有关历史的事情，不能采取这样的态度。在德国的时候，我便能很深刻地意识到这一点。

尤其是有关负面的历史。不然的话会再次犯下同样的错误。

参观了欧洲被害犹太人纪念碑之后，我穿过马路，在蒂尔加藤公园里散步。

有睡午觉的人，晒太阳的人，读书的人，骑车的人。

在城市的正中间有这么一大片森林，真是一件奢侈的事情。

我还能在这个城市待的，也就只有几天了！

让我尽情地呼吸这自由的空气！

7月30日

EIS 派对

在柏林的最后一天。

我和住在这边的三位日本朋友，还有一位四岁的小朋友，相约在冰激凌店里集合。

这里的人真的好喜欢吃冰激凌。

冰激凌约会，冰激凌会议，冰激凌派对。

吃着各自喜爱的冰激凌，在店门口的桌子旁尽情聊天。

年满四岁的小梅，真是越来越可爱了。

她是日本人和德国人的混血。日语说得越来越好了。

在那之后，我去了 Tier Park。

在柏林，除了著名的柏林动物园，还有一个动物园。我前几天才知道这件事。

原来如此，以前城市被一分为二，所以有两个动物园。

有北极熊克纳特的，是西边的动物园。所以 Tier Park 是东边的动物园。

而且似乎当地的人都说自己更喜欢 Tier Park。

Tier Park 的面积也要大得多。

我之前以为西边的动物园已经够大了。

去了之后发现，的确是一个不错的动物园，氛围让人很放松。

以前去的柏林动物园，游客很多，买票总是排长队。

记忆中不管去哪儿都人满为患。

但是 Tier Park 这边，真的特别舒服。

基本上只有本地人，带狗来的人也很多。

有一种森林里面会时不时钻出一两只动物的感觉，是一个让人心情舒畅的地方。

而且离动物们都很近。

所以,我也投 Tier Park 一票!

但我在这里也会想起由利乃。

尤其是北极熊和大象,特别危险。

总觉得很像。

我会忍不住观察起它们的一举一动,看很久。

回去的路上,我去位于克罗伊茨贝格的柏林排名第一的面包店,买了作为伴手礼的面包。

德国的雷司令葡萄酒,带一点儿气泡,特别美味。

说起来,这是我第一次吃意大利料理。

吃得最多的是越南料理。柏林的越南料理店不管哪家都和在越南吃到的味道一样,特别棒。

我也终于弄清了春卷和夏卷的区别。春卷是炸过的,夏卷是没有炸的冷春卷。我以前还以为夏卷是用高温炸过的春卷。

而我更喜欢春卷。

我几乎每次都会点春卷，配上啤酒，最后来个小份的河粉。

不过没想到这边的人筷子都用得很熟练。

筷子文化在全球传播，我觉得这是一件非常好的事情。

吃着意大利面，连喝了两杯雷司令葡萄酒，而且第二杯有二百毫升。离开店里的时候，不知道为什么，我心情特别好。

接着我又顺道去了冰激凌店，吃了一个香草冰激凌当甜点。

吃着吃着我才发现今天一天我竟然吃了两个冰激凌。

管他呢，反正是最后一天了。

我特别特别喜欢这个一欧元的香草冰激凌。

只用一个冰激凌就能让人幸福起来的城市，真的很棒。

那么时间差不多了，接下来去附近的咖啡店吃个早餐，回公寓拿上行李箱，前往泰格尔机场，再从泰格尔机场飞往赫尔辛基，从赫尔辛基出发到成田。

我好想连同柏林清爽的空气一起带回去。

这次也很完美！

会不会有哪天，我终于也觉得"柏林嘛，不去也行"？

能够于柏林回味在拉脱维亚的感动的余韵,真是太满足了。故事也酝酿好了。度过了充实的两周,真的是太好了。唯有即将远离拉脱维亚这件事,让我有些难过。

8月3日

向北、向北

上周周五,我回国了。

终于见到了企鹅、由利乃。

周六白天我带由利乃去美容了,晚上去了附近的中华料理店。

大叔三两下就给我上了菜,天气的炎热和时差让我脑袋有些不清醒,但这丝毫不影响美味对我的冲击。

大概是最后一次吃到了吧。

今天,我再次启程。

把东西从一个行李箱挪到另一个行李箱,就像走钢丝似的。

目的地是北海道。

当然这次是全家人一起去。

最开始是打算坐飞机去的。

但是考虑到兽医的建议，还是选择了对由利乃负担最小的交通方式。

所以，我们走陆路。

接下来，我们就要一点一点地往北边然后更北边的地方移动。

日本的航空公司，只能将宠物作为行李运送。

分开期间我就无法知晓由利乃的情况，风险比较大。

相比之下，一部分欧美的航空公司，最近也允许带上宠物和手提行李一同登机。

宠物就在自己的脚边，很是安心。

要是日本的航空公司也允许携带宠物登机就好了。这是我作为一个养狗人士的无比强烈的愿望。

不过好在我们已经非常习惯陆路旅行了。

去年夏天，我们花了两天从德国到了意大利。

这次不过是把舞台换成了日本。

但是去程和返程的票在刚开始发售的时候就全卖光了，完全订不到票。

所以我们今天先乘坐新干线去新青森，再从新青森去青森，再从那里出发去函馆。

对由利乃来说，是一场大冒险。

希望能够平安无事地抵达函馆。

对了，忘记说了。隔了三周再次见到由利乃，它完全把我给忘了。

虽然我打开大门走进来的时候，它高兴地飞扑了过来，但它不管对谁都那样。

不管是快递小哥，还是家里的客人，它都会以同样的方式欢快地迎接。

短短三周，由利乃心中 No.1 的宝座就被企鹅夺走了。

没办法。对狗狗而言，谁给自己吃饭，谁就是大哥。

由利乃不知道为什么对我还很疏远，远远地注视着我，用一种"这人是谁来着？"的表情看着我。

似乎隐约有印象,记得我是它之前见过的人。

由利乃努力想要回忆起来的样子,十分让人怜爱。

现在还处于"这个客人怎么还没走呢?"的阶段。

完全变得依赖企鹅了。

要是突然就发生这种情况,我说不定会很失落。不过去年这种"被遗忘"的感觉已经在可鲁身上体验过了,所以还好。

过一段时间,自然就会想起来了。

也可能在那之前,我们之间又建立了新的联系。

总之到了北海道,多带它遛遛,一起度过快乐的时间。

P.S.

2013年的这部分日记,将再次作为文库本出版!

这次的标题是——《今天天空的颜色》。

那是两年前,在镰仓度过夏天的那一年。

正是因为那个夏天,所以才有现在连载中的《山茶文具店》。请大家务必一读。

8月6日

羊蹄山

我们将会住到八月末的这间房子,位于羊蹄山的山脚。

属于新雪谷区域。

之前听过传闻,但来了一看才发现真的像是待在外国一样,不可思议。

主要的语言是英语。路上的行人也大多是外国人。

乍一看以为是日本人,结果是来自亚洲的外国人。

耗时两天的陆路之旅,没想到分外轻松。

乘坐新干线不一会儿就到新青森了,后面去函馆的旅程也没有发生任何问题。

　　由利乃尤为乖巧，没撒娇也没乱叫，从头到尾都是很放松的状态。

　　果然多花点儿时间走陆路是正确的。

　　而且听说明年会开通直达函馆的新干线，陆路之旅又会变得更惬意了。

　　决定了！下次也还是陆路。

　　初中的修学旅行之后，我就再也没有来过函馆。

　　我记得当时乘坐的是最后的青函联络船。

　　而现在走的是青函隧道。

　　虽然我只在函馆住了一个晚上，但函馆真是个不错的地方。

　　回去的时候还要住一晚，到时候想找个机会去教堂看看。

　　而且我一定要去市场吃满满一大碗鲑鱼子盖饭。

　　去程因为钱不够，所以没吃上。

　　差不多到了今天，感觉新雪谷生活也上了轨道。

　　这里绝非一个像东京一般便利的地方，但我感觉这里的不方便也能够给我带来一番乐趣。

而且这里的吃的，真是美味得不得了。

啤酒和甜筒冰激凌，还有蔬菜，全部都很美味。而且，这里很宽广。

北海道的距离感是不同的。如果一直待在这里的话，一定能变成性格宽容的人。

此时的我已经变得不想在乎那些琐碎的事情了。

跟天气凉爽也有一些关系，由利乃到了这里特别闹腾。

随时都可以带它去散步。

因为我们不开车，所以我开始还有点儿担心，结果看样子靠走路和坐巴士就能行。

从窗子里远眺羊蹄山，特别漂亮。

我隐隐约约有种预感，我觉得我会疯狂地爱上北海道。

今天白天，我在电视上看了高中棒球比赛。

我支持的北海高中输掉了，输给了鹿儿岛实业（高中）。

这几年我都是在柏林度过的夏天，所以没怎么看高中棒球比赛,这个夏天换这种过法也挺不错。

今晚的晚饭是土豆和香肠。

没错,和柏林的晚餐很像。

8月11日

普通的咖喱

每次旅行必备的东西，是咖喱。

去海外的时候我每次都会带去，这次也很快派上了用场。

土豆、洋葱、胡萝卜基本上在世界各地都能买到，咖喱不管在什么环境下都能做出来，堪称优秀。

在东京的家里，我很少会用咖喱块，但出门在外的时候用咖喱块最方便了。

我们住的地方附近有一家新雪谷 MART，一家便利店。

新雪谷 MART，像是北海道版的本地密集型便利店，也可以理解为附近的这两家都是便利店。

虽然也不是没有大超市，但是要乘坐巴士才能到。

巴士一个小时顶多能有一班车，如果不把时间算好的话，去倒是能去，但是有可能好几个小时都回不来。

所以我买东西基本上都在新雪谷MART。

新雪谷MART里有卖猪肉块，真是帮了我大忙。

企鹅反复跟我强调，要做咖喱的话，就做普通的咖喱。

他说自己现在只想吃普通的咖喱。

而我现在能做的也只有普通的咖喱，所以我们的目标是一致的。

但是我能够明白企鹅那种想吃普通咖喱的心情。

就像祖母做的那种咖喱。

土豆和胡萝卜切成相同大小的块，不加任何辣味，也不会进行复杂的调味。

食材切得很小，所以很容易就能熟，一眨眼的工夫就做好了。

吃的时候，可以淋点酱汁什么的。

要是再配上红彤彤的福神渍[1]就完美了。

昨天做的咖喱，完全符合"普通的咖喱"的标准。

望着眼前的大自然，也许反而是这种普通的咖喱更合适。

话又说回来，为什么北海道的食物全部都这么好吃呢？

是因为水质不同？空气不一样？总之不管吃的是什么，都有一种清新的味道。

前天我在附近广场上的市场买了毛蟹，做了蟹肉寿司。

扁口鱼刺身和扇贝都新鲜得不得了。

食材本身十分优质，只需要煮一煮或者烤一烤，简单烹饪即可。

所以这几天我都是在家里的厨房做的饭。

虽然食物美味是一件好事，但是也正因如此，一不小心就会喝太多、吃太多。

在离自然很近的地方就会做很多运动吗？说起来也不是这样。

---

1. 日本的一种传统酱菜。

住在东京的时候，我走的路反而更多。

这里基本上全是山，坡道走起来很吃力，想要享受散步的乐趣却享受不起来。

所以我有点儿担心回去之后企鹅的肚皮会变成什么样了。

由利乃在新雪谷的狗乐园里疯狂奔跑。

本来是想让它和其他狗狗玩才带它去的，结果狗乐园里面一只狗都没有，狗乐园成了它独自撒欢的地方。

这次我们之中最享受新雪谷之旅的，应该是由利乃。

来了北海道之后，由利乃变得更像狗了，不知道是不是我的错觉。

从狗乐园回来的由利乃累得睡着了，样子特别可爱。

今天的晚饭是西蓝花，鲆鱼和鲭鱼的一夜干[1]，还有盐味饭团。

这样一来就把从东京带来的大米全部吃完了。

此时企鹅正在拼命地刮白萝卜泥。

---

1. 源自日本北海道，是处理之后经一夜风干的鱼干。

8月20日

昆布和秋日天空

我们前往积丹半岛，去划皮划艇。

以前我在屋久岛体验过内河皮划艇，但是划海洋皮划艇还是第一次。

海水，特别漂亮。

仿佛透过玻璃，窥探森林的内部一般。

后来我才知道，那天的浪特别高。

皮划艇也摇晃得很厉害。

有浪的时候很难按照自己的意愿控制前进的方向，有时不得不进行一番苦战，但看向四周的时候雄伟的自然在眼前铺展开来，心中一股幸福感涌现。

如果就这样停下划船的手，随着波浪摇摇晃晃地睡个午觉，想必会很不错。

但是如果那样干的话，肯定会被海浪抛进汪洋大海之中。

中途，我们在洞窟里探了险，在沙滩上吃了午饭，纵情地感受了一回大自然。

我第一次近距离地观察了漂在海里的昆布。

我伸出手，一把抓住了昆布。

放在嘴里，脆生生的口感，味道很好。

我带了几片昆布回家。

刚好我正在找哪里有卖昆布的。

听说这些昆布虽然和日高、利尻的昆布不同，但是晒干了以后也能够做出美味的高汤。

我现在，正晒着这些昆布呢。

体验了海洋皮划艇之后,我们便去了海角的温泉。

温泉的水和海水一样是咸的,能让皮肤变得很光滑。

北海道的各个地方都有温泉,可以享受到不同的水。

从露天温泉眺望过去,眼前是一望无垠的大海,这个位置风景绝佳。

泡完温泉之后是海胆盖饭。

说起积丹半岛,最出名的当然是海胆。

而且是紫海胆。

米饭上海胆堆得满满的,没有浸泡过液体药物,能够吃出自然的本味。

海胆这种东西,要把里面的肉掏出来很费劲。

要从满是刺的外壳里面,把一粒一粒的肉完整地小心翼翼地取出来,价格贵也是理所当然的。

我给留在家里的企鹅带了紫海胆作为伴手礼。

店家没有把海胆放在米饭上,而是泡在了海水里,所以味道真的很鲜美。

我们两个人一不小心就喝光了三分之二瓶白葡萄酒。

我自己完全不记得了,但是那天晚上好像我在梦里也在划桨。

手动来动去,撞在了墙上,还大叫了一声"好痛!"

但是我完全不记得了。

新雪谷已经是秋日的天空了。

可以明显地感受到季节从夏季变成了秋季。

早上和晚上都凉飕飕的。

今天接下来,我会去札幌待两天一晚。

从俱知安站出发,要不到两个小时。

好像对北海道人来说,两个小时的移动距离算是"很近"的。

的确,北海道那么宽广,也难怪。

而且在北海道出生的人,个头都很高。

8月30日

回国

　　回程我们也在函馆住了一晚，花了两天走陆路回国。

　　虽然是在国内，所以不该说是回国，但是我总有种从海外回家的感觉。

　　我想一定是新雪谷的国际化氛围让我产生了这种错觉。

　　今天早上，我和由利乃从酒店一直走到了红砖仓库一带。

　　之后回到酒店，在电视上看了世界田径锦标赛的马拉松比赛，上午十一点十九分从函馆坐上了电车。

　　穿越青函隧道，在新青森换乘了新干线，下午五点过后到达了东京站。

原本以为陆路之旅路途漫漫,没想到也就是一眨眼的工夫。

可能比起飞机,我更喜欢陆路的旅行。

据说明年春天,新干线通到函馆之后,从东京只要四个小时就能到。

在新雪谷期间,北海道的电视新闻几乎每天都在播报新干线开通的新闻。

据说二十年后,从函馆经由新雪谷,新干线会一直通到札幌,以后就变得更近了。

说是新千岁机场的国际转机航班也会大幅增加。

因为之前一直待在人口密度很低的新雪谷,所以到达札幌的时候我着实吓了一跳。

路上人好多!楼好高!商店好多!

虽然只有两天,但是回到新雪谷之后我松了一口气。

新雪谷 HIRAFU 地区的庙会,特别好玩。

刚好有朋友从札幌过来玩，我们跟我在新雪谷认识的住在附近的人一起，一共六个人去了庙会。

特别有趣的是，小摊很有国际特色。

中华料理、韩国料理、越南料理，各个国家的料理都能吃到。

喝了啤酒，还喝了红酒，听了太鼓的演出，看了烟花。

这里的烟花和隅田川的相比，规模就太小了，数量很少，也都是小型的，但反而很朴素，感觉特别好。

这里平时没有什么人，总是静悄悄的，在庙会会场上却聚集了很多人，不知道这么多人都是从哪里冒出来的。周围到处都有人用英语在交谈。

在乡下的时候，就会特别期待早市呀庙会呀什么的，哪怕是很小型的活动。

这是住在都市里很难体验到的。

拉脱维亚、柏林、新雪谷，今年的夏天，到这里就结束了。

回到自己家的由利乃，很是高兴。

这段路途对人来说都够辛苦的，对狗狗而言更是艰难。

在回家的出租车上，它稍微有些晕车，往返的两趟旅程由利乃真的很努力。

这次以后，它变成了一只习惯旅行的狗了。

最近我家有个规定，从旅行地回来之前，一定要买当地车站的便当带回来。

回到家以后，再吃掉。

出门之前我们把家里的冰箱清空了，旅途筋疲力尽，也不想站在厨房里做饭。

出去吃饭也觉得太累，这种时候便当完美解决一切问题。

今天在乘坐新干线之前，我们在青森买了"扇贝釜饭"和"海鲜小童"。

两个尝试都很成功。

吃罢饭，接下来去会一会坛子里的米糠吧。

超过一周不在家的时候，我会在米糠上面撒一层盐再出门。

盐撒太多了会变得很咸，把味道调整回去要花很长时间，盐撒太少了又会生霉，到底要用多少盐来封盖是个难题。

希望这次能够成功！

9 月 9 日

365 天

  由利乃来我家,已经一年了。
  时间快得真是惊人。
  生活的中心变成了由利乃,我脑袋中思考的事情,总是有好大一部分都是有关由利乃的。
  由利乃今天吃什么?怎么才能纠正它爱挠自己的习惯?我随时随地想的都是由利乃的事情。

  让我觉得把由利乃接到我家是一件好事的理由,我可以立马举出一百个甚至两百个,反过来觉得不好的地方一个都想不到。

有的时候我会在心里面恶狠狠地咒骂企鹅，但是对由利乃却总是能够保持一颗纯洁的心。

我们是第一次养狗，没能发现由利乃受伤，我们自以为是为由利乃好而做的事情，结果反而害苦了由利乃……让我觉得很对不起由利乃的事情也有很多。

每天我都从由利乃身上学到了很多经验教训。

前阵子，电视上在播放 AIBO 的特辑。

AIBO 是索尼发售的机器狗。

我原本以为热潮一过就没人在意了，结果其中也有和 AIBO 建立起了深厚感情的人，看了之后我才发现，原来人们完全把 AIBO 当成活生生的狗一样。

随时都会跟它聊天，有时候还会带它一起去旅行。

没有精神的时候会担心得不得了，生病的日子里会守着它一晚上都不睡。

就像照顾小孩子一样。

听说 AIBO 已经停止生产了，出了故障之后也没有办法轻而易举地修好了。

如果由利乃没有来我家的话，我肯定无法理解和AIBO生活的那些人的感受。

多亏了由利乃，我现在能够理解更多人的感受了，我的世界也变得更宽广了。

看了AIBO的特辑，我忽然想到了一件事。

AIBO是为了人类而制造的机器狗，但是我想如果有为狗狗制造的机器人就好了。

一般来说，对狗狗而言，家里养了许多只比养一只更好。

但是出于各种原因，人们很多时候没有办法养两只狗。

这种时候，如果有机器狗可以陪狗狗玩，和它一起看家，那多好啊。

有没有人愿意为狗狗开发一款机器人呢？

原本由利乃是作为可鲁的新娘而来到我家的，但看来期待可鲁和由利乃之间产下后代是一件很不现实的事情。

由利乃体力并不算太好，皮肤也很脆弱，我经常得带它去医院。

考虑到这些,我最后决定还是不要勉强它了。

所以下周由利乃将接受绝育手术。

照这个情况下去,十年也不过是一眨眼的工夫,想到这一点,我心里就有些悲伤。

企鹅那家伙更没出息,光是想象和由利乃告别的画面,他都忍不住哭了出来。

常年和AIBO一起生活的女性说过,爱会一点一点变得深沉。

的确,如果是玩具的话,最开始拿到的时候最兴奋,时间久了慢慢地就会失去兴趣和喜爱。

但是狗不一样,AIBO也是。

刚来我们家的时候,被由利乃当成母亲来爱慕的绵羊娃娃,现在变成了它的枕头。

由利乃没有枕头就睡不踏实,所以去旅行的时候我们也会带上它的小枕头。

9月17日

无、无无、无

　　这种心情，记得曾几何时我也有过，追寻着记忆的线索，我来到了二〇一一年三月十一日。

　　海啸铺天盖地，无情地卷走了房屋和汽车，看着屏幕上的这番景象，无力感让我痛失言语。

　　脑袋和心里变得一片空白。什么都感受不到，什么都无法思考。

　　但那是自然引发的灾难。

　　面对自然，即使尽再多人力，也有抵挡不了的时候。

但这次是人为引起的。

一想到本来应该可以在某个时间点阻止那项法案,内心便一阵徒劳感和羞愧感席卷而来。

"无",是无力感的"无"。如果用汉字写的话,无、无无、无无无无无。

我希望这一切都是一场梦,然而这已经成为日本的现实。

首相就可以违背宪法——事情发展至此,世道会变得更糟。

这种做法,是独裁政治。

而宪法恰恰是为了防止这种事情发生而存在的,现在却本末倒置。

本来政治家应该是国民的代表,不应该和民意对立。

我希望首相周围停止思考的人,现在再一次,作为一个人,作为某个人的父母,做一次最简单的思考。

消费税的税率没有提上来,向国民征求意见,搞了一场没人知道是为了什么的选举。这次完全无视了国民的发声,对宪法学者、政治家前辈的反对意见充耳不闻。

留在自己身边的只有那些赞同自己意见的人，稍微提出批判就发出歇斯底里的吼叫。

既然觉得自己的意见如此正确，有本事现在就堂堂正正地举行选举不就好了吗？

把示威的人当作愚民来蔑视的执政党政治家的态度，让我胃里一阵恶心。

一想到接下来还会以践踏宪法为代价，发生更多这样的事情，我就不寒而栗。

嘴上说着要想办法解决少子化问题，但我觉得这完全不是一个可以让人安心生小孩的世道。

应该遵守的规则，不论是谁都应该坚决遵守，绝对不允许发生颠覆这一基本前提的事情。

今天这一天，就这样在烦琐的思绪中结束了。

下了一整天的雨，由利乃做完绝育手术也没有精神，让人沮丧的事情都堆积在了一起，但是还不到放弃的时候。

企鹅前几天和附近肉店的人，一起去国会议事堂前参加了游行示威。

他说他明天也会去。

我也想要做一些自己力所能及的事，我不想给自己留下悔恨。

游行示威不仅仅是在国会议事堂前进行，全国的各个地方都在进行着。

我家附近也有人群在高声呼喊着。

真的希望政治家也能多倾听倾听众多国民的心声。

9月23日

初见蜻蜓

读书的时候，无意间抬起头，恰巧蜻蜓飞过。

不是一只，而是一大群在飞舞着。

衣服都洗好了，很适合睡个午觉，或者读书也不错，真是一个完美的五连休。

每年秋天的这个时候，如果都能放假就好了，这样一来大家都有时间治愈夏季的疲劳。

我家周围，有一种过年的气氛。

绝育手术一周后，由利乃终于恢复了精神。

刚做完手术那会儿，由利乃的状态让我极度担心。

它变得不相信我们，不愿意从自己的帐篷里面出来。

也拒绝跟我或者企鹅对视，表情充满了绝望。

虽然身体上肯定有一些不适，但是更严重的是精神上的打击很大。

带它去散步它也不肯走，马上就坐在地上。

它完全变了，说实话我都开始怀疑给它做绝育手术是不是一个错误的决定了。

我现在都不确定到底怎样才是顺其自然的做法。

的确，摘除子宫和卵巢之后，可以相应地减少狗狗生病的风险。

也的确能够因此延长寿命。

从人类的角度来看，据说这样更方便饲养。

但如果从狗狗的角度来看又会如何呢？

完全不清楚状况就被抬上了手术台，全身麻醉之后，肚皮被划开。

假设同样的事情发生在人身上，就能够想象当事人的心情了。

究竟哪种做法才是正确的，我也不知道。

对由利乃来说，哪种做法才算幸福呢？

由利乃跟我一起去散步的时候完全不肯走，但是有狗狗来的时候它会突然变得很有精神，开心地跟对方玩闹起来。

原本处在谷底的情绪值，一下子突破天际。

连休的时候，因为见到了蚕豆和可鲁，它一点一点恢复精神和活力了。

看到以前的由利乃又回来了，我稍微安心了一些。

但我深刻地认识到了，手术给它的肉体和精神带来了相当大的冲击。

手术后我不想让它一个人留在家里看家，所以连休期间我在家里看了《教父》。

三部一起看完，需要九个小时。

即便一天看一部，中途如果不休息一下去喝杯咖啡，都会觉得有点儿撑不住。

出场的演员一个个都鼻梁高高的，眼窝很深，渐渐分不清到底谁是谁。

企鹅好像已经看过好几回了，但是这次看结局的时候也还是哭了。

据说是流了"只有男人才懂的眼泪"。

好像的确是这样。

白井聪在书里曾经介绍过一句甘地的话。

"你所做的大部分事情都将是毫无意义的，但你仍然不得不这么做。我们做这些事情不是为了改变世界，而是为了让自己不被世界改变。"

虽然安保法案通过了，但我们还有很多可以做的事情。

我们这次切身体会到了每一张选票的分量，至今为止都没有参加过选举投票的人，我想以后他们应该也会去参加选举投票了吧。

重要的是，不忘记这份悔恨。

彼岸花开得很美。
比起红色的彼岸花，我更喜欢白色的。

9 月 28 日

把灯关上

周末我去松本住了一晚。

为了参加在木器设计师三谷龙二的画廊举行的料理课堂。

料理课堂的主持人是广岛间中居的横田芳香女士。

以前听别人说过,我一直想着哪天能够尝一尝她的料理。

料理课堂结束后,是晚上的晚餐会。

昏暗的餐桌上放着佛灯,我细细地品尝一盘一盘精心制作的料理。

芳香女士制作的料理,像是跪拜在自然的神明跟前一般,对食物本身充满了慈爱。

她考虑的并不是自己方便与否,而总是把对方(食材)的心情放在了第一位,花费工序和时间耐着性子做出来的料理,会让人的内心一瞬间平静下来。

花费三小时用小火炖煮牛奶,其间不停地搅拌,做出来的料理名曰"醍醐味"。这份料理便是芳香女士心意的化身,是她款待之情的结晶。

吃完之后回顾整个过程,与其说是在吃料理,不如说是好好品味了奢侈的时间,整个人被一种不可思议的感觉包裹着。

也许料理这种东西,不是要享受吃的过程,而是享受料理和品味料理的时间。

同时,我也感觉自己平时实在是吃得太多了。

慢慢地花时间去品味,即便是很少的量,也会十分满足。

并且我的身体也实际体验到了,这样对身体更加温和。

细嚼慢咽,味道会慢慢地在嘴里扩散开来,也会更容易产生饱腹感。

芳香女士的活法让我很向往，我很想成为那样的人。

话说回来，松本真是个好地方啊！

以前去松本是为"Family Tree"取材的时候。当时是冬季。

我很喜欢从女鸟羽川上到一桥看到的景色，我每次都会这么觉得。

从草地间流过的女鸟羽川，以及对面连绵的山，不管看了几次都觉得很安心。

河川就应该是这个样子——女鸟羽川是我心目中理想的河流的代表。

而且这条河上的桥，每一座都有着一个颇有风情的名字。幸桥，太鼓桥，等等。

河的两岸，还留有很多古老的建筑。随意走走，心情就会变得特别平静。

不算太大也不算太小的城市规模，也是带给人们安稳的一个因素吧。

回东京的时候我路过了轻井泽，所以釜饭再次登上晚饭的餐桌。

味道还是那么好。

我发现了一件事。不知道该说是这种让人吃不厌的感觉，还是整体的调味，跟崎阳轩的烧卖便当有着共通之处。

还有竹笋、香菇、杏子这些相同的食材，都是让人不管吃几次都还想再吃的便当。

饭后关上灯，赏月。

昨晚的月亮真的很美。

从云间露出脸，又躲藏进去，恰似一艘木筏行进在云海里。

透过云看见的满月，也别有一番风情，带着几分神秘。

狗尾巴草和团子都没来得及准备，匆忙之间把由利乃汉堡肉放在盘子里作为供品。

一边赏月一边做瑜伽，最舒服了。

而且今晚是农历十六的夜晚。

据说能看到今年最大的 Super Moon（超级满月）。

但是我觉得 Super Moon 这个词，一点儿风情都没有。

好像写作汉字的话是"超月"。

今晚,煮芋头。

饭后关上灯,享受这漫漫秋夜。

10月8日

来自拉脱维亚

篮子寄到了。

我等得脖子都长了的篮子。

千里迢迢,坐船而来。

用细细地分割成一条条的柳树皮编织的这个篮子,不仅结实,而且还很轻巧。

这是拉脱维亚一个被评为人间国宝的大叔编的。

我跑去参观了作坊,从数量众多的篮子里面挑选出来这个篮子。

同样的形状、更小一些的篮子我作为随身行李带回国了，大一点儿的这个，没有办法，只好邮寄回来。

我一直在找洗衣篮。
这次买的篮子足够大，可以装好多衣服。
入手这个篮子的时候，我已经做好被企鹅训斥的准备了，（究竟要收集多少篮子你才肯罢休！），结果令我意外的是，我竟然没有受到他的责难，我也松了一口气。
洗衣机上方，我已经看好一个位置了。
这样一来，我家的洗衣篮问题终于得到了解决。

由利乃已经抢先睡进了篮子里。
偶尔拿给它作为休憩之地也不错。

差不多同一时间，手套也寄到了。
这是我特别定做的手套。

在多神教的拉脱维亚，各路神仙都有代表他们的简单图案，这些图案会在衣服、器具、食物等各种各样的物品上登台亮相。

每个人都有他们自己的守护神，而且这个守护神一生都不会变。

有一个决定守护神的仪式，而我的守护神是雷神。

雷神的标记是卍字的花纹。

所以，我选了一个明亮的暖色系颜色，定做了一个适合自己手的大小的雷神花纹的手套。

我感觉平时不太能用得上。

在拉脱维亚，除了作为防寒衣物使用，男人还会把手套作为特别日子的装饰品，夹在腰带之间。

这双手套于我而言，是一双特别的手套。

像是我的护身符一般的存在。

我很好奇为我织这双手套的人是什么样的一个人。

手指的部分的花纹也是相连的，织得十分细致。

我感觉织手套的时候，最难的就是这个部分了。

据说在拉脱维亚，只要是女性就一定会织手套。

有一天我也想试着织一双手套。

企鹅从今天又开始去大学听社会人文讲座。

据说这次是一边看电影一边学习纳粹德国演变。

拉脱维亚在第二次世界大战中,也遭受了惨烈的大屠杀。

在残酷的岁月里,拉脱维亚人卧薪尝胆。

在那样的背景下,织手套寄寓着他们的希望。

所以手套既是拉脱维亚人的灵魂,也是他们的骄傲。

今天一整天,都吹着拉脱维亚的风。

10月16日

葡萄干黄油夹心饼干

我还记得小时候,每周移动贩卖车会来我家附近一两次。

只要移动贩卖车一来,祖母就会马上拿着株绣钱包跑到外面去。

我也会紧跟其后跑出来。

祖母每次都只会买两样东西——葡萄干黄油和味噌花生。

葡萄干黄油,常常当作点心吃。

味噌花生则是放在热腾腾的米饭上。

如果现在端到我面前让我吃的话,我会觉得有点儿吃不下去，但是这些似乎是我小时候的最爱。

溶化的味噌、花生酥脆的口感让人欲罢不能。

两个都是冰箱里常备的，但最近都很少见了。

正当我回忆着这些事情的时候，我刚好遇见了美味的黄油。

以前我认为黄油当然是欧洲的最好，但其实日本制造的黄油味道也丝毫不逊色。

采用佐渡的原料手工精心制作的"佐渡黄油"，味道非常纯，很好入口。

虽然我心知肚明这是非常"危险"的食物，但还是忍不住抹了很多在面包上。

不过最美味最奢侈的吃法，是把黄油作为主角。

所以我试着做了一下葡萄干黄油。

做法很简单。把软化的黄油和事先浸泡在朗姆酒中的葡萄干搅拌在一起，再次做成圆柱状，放在冰箱里冷藏。

成品十分惊艳。

秘诀是多放些葡萄干。

黄油的分量刚好能把葡萄干凝结在一起就够了。

另外根据黄油的种类，稍微放一点盐，便可做成成年人喜爱的下酒菜。

跟红酒很搭，作为酒后的甜点也不错。

今天的晚饭是炸牡蛎。

这还是我们这个季节第一次吃这个菜呢。

泡一壶茶，穿着针织衫，准备过冬。

明天我打算做葡萄干黄油夹心饼干。

10月18日

柿子

周日的下午，由利乃睡在窗边的羽绒被上。

其实这床羽绒被是企鹅的，但是由利乃完全把它当成自己的东西了，躺在羽绒被最蓬松最柔软的地方，舒服地伸展着身体。

那表情仿佛在说：这就是人世间至高的享受。

看着它的样子，我的心情也变得特别好。

由利乃熟睡的脸蛋上写着：这无忧无虑的生活，现在就是我狗生最幸福的时刻。

而且躺在高级羽绒被上睡觉的由利乃，还做了梦。

嘴巴像是在嚼着什么东西，看来由利乃在梦里吃了一顿大餐。

真是一只幸福的小狗。

我把被子放在窗边，是因为昨天晚上由利乃在那里大小便了。

而且刚好就在刚从洗衣店拿回来的企鹅的羽绒被上。

一百次里面九十九次它都会乖乖地在狗尿垫上解决，但是它也偶尔会干一回坏事。

昨天它洗完澡出来，身体还是湿的，兴奋得到处乱跑，结果一不小心就把上厕所的地点弄错了。

而且我刚把被套套上，又得拆下来洗。

明天还得给洗衣店打个电话，告诉他们前几天刚寄回来的羽绒被又得送去洗一次了。

怪难为情的。

把这些人类的不满一扫而空的，是用恍惚的表情酣睡的由利乃。算了，没什么大不了的。

开始和狗狗一起生活之后，我好像变得更有耐心了。

生气了狗狗也听不懂,所以生气也没用。

昨天是我人生中第一次挑战制作葡萄干黄油夹心饼干。

我一直都想做一次。
回想起来,我从小时候开始就一直很喜欢葡萄干黄油夹心的饼干。
成年以后一直很想学会做一样自己擅长的点心。
包装成伴手礼,可以在需要的时候拿出去送人,想想都觉得很棒。

这个夏天,在新雪谷的时候,附近酒店的小卖部里有卖六花亭的葡萄干黄油夹心饼干。
每天都能吃到最喜欢的点心,幸福极了。
如果自己也能做出那样的味道,就太棒了。

第一次做出来的葡萄干黄油夹心饼干,特别丑。
莎布蕾完全冷却之前,我不小心碰到了,结果碎了。

不过味道还挺有水准的。

我很诚实地说，和六花亭的味道相当接近。

虽然我只是照着食谱按部就班。

企鹅也表示了赞许。

但是我对自己的这次作品不太满意。

在拿出去送人之前，还得再反反复复练习几次，好好地研究琢磨一下。

味道虽然也不差，但是要送人的话还真的是拿不出手。

所以，接下来的一段时间，家里的点心暂时都只有葡萄干黄油夹心饼干了。

而我当即便收到企鹅的要求，他让我下次做得再小一点儿。

晚饭散步，顺便去买东西。

买了明年的手账。

封面的图案是，牛奶瓶。

我从很早以前就一直用这个系列。

非常轻巧，而且最大的优点是扫一眼就能看完一个月的日程。

今晚的菜单是竹轮天妇罗配上蘑菇浇汁。

恰巧有卖四种蘑菇的拼盘，我忽然想到了这个食谱。

这就搞定了今晚的一道大菜。

企鹅表示非常满意，他说下次还想吃。

比葡萄干黄油夹心饼干反响更佳。

今天读了书，散了步，用最正确的方式度过了周日。

餐后甜点是附近买的柿子。

是在周二、周四和周六早上十点开始的无人贩卖所里卖的。

是个头小小、口感爽脆、种子偏大、甜味比较温和的柿子。

开始卖柿子了，也就意味着深秋不远了。

10月31日

读书之秋

很早以前买了却一直没读的《既不仇恨，也不原谅》，我终于要开始读了。

作者鲍里斯·西瑞尼克是一九三七年出生在法国波尔多的波兰裔犹太人，五岁的时候，在法国维希政府发起的冬赛馆事件中失去了父母。

第二年，年仅六岁的他也被法国警察抓捕。

就在快要被送往集中营的时候，他成功逃走，保住了性命。在那之后，他通过刻苦学习成为一名精神科医生。

西瑞尼克写道：

"我憎恨自己是一名被囚禁在过去的人。为了走出仇恨，比起原谅，我想我会选择去理解。"

西瑞尼克非常仔细地分析了自己的记忆。

他发现，自己把作为事实存在的某件事，进行了一些加工改造，把事件变成了自己更容易接受的样子。

痛苦的事情，如果一直以痛苦的方式留存在记忆中，渐渐地会变成精神创伤，折磨自己。

他说这也是为什么少年时期的西瑞尼克，在无意识的情况下，把记忆中的人类变成了善良的物种，在人类身上找到了希望。

以原本的样貌去接受现实，也许太过残酷了。

憎恨这一行为，会侵蚀自己的心，结果导致自己的人生没有办法向积极的方向发展。

但是也没有必要去努力原谅。

也不是去忘记。

去理解对方的所作所为,才是对自己受伤灵魂的拯救。我也很赞同这个观点。

我相信这个方法,可以运用在很多不同的事情上。

家附近的柿子无人贩卖活动,在前儿天结束了。

没办法,我只好在其他地方买了柿子,加上白芝麻一起凉拌。

今晚,有客人。

食欲之秋,让人食欲大开。

从山形订购的原木滑子菇长势喜人,我准备用来和菊花花瓣一起冷浸。

葡萄干黄油夹心饼干已经进入第二轮,越来越有卖相了。

11月8日

肉──干──！！！

我摔跟头了。

这么说已经是委婉的表达了。其实是十分华丽地摔了一跤。

事情发生在我带由利乃去散步的时候。

走完常规路线，刚一回到家门口，由利乃又耍起了赖，贴在地面上不肯回家。

没有办法，我只好带它再去消耗一下精力。"预备，跑。"

我和由利乃经常在集体住宅的停车场赛跑。

但是那天跑着跑着，速度越来越快，我一不小心跟由利乃动起了真格。

结果，由利乃也不断加速。

可是万万没有想到，由利乃竟然会钻到我的脚边。

啊，这样的话会踩到由利乃。

脑子里这么一想，几秒钟后眼前的视线被地面占据，只见地面离我越来越近。

我面朝下地在柏油马路上摆了一个标准的"大"字。

像棒球比赛里选手滑垒的那种造型。

好疼，但是更让我头疼的是，手里的牵引绳松开了。

由利乃在离我几米远的前方。

鞋子有一只弄丢了，落在了我身后几米。

我都不记得上次摔这么大一个跟头是什么时候了。

还想跟狗赛跑，我真是个大傻瓜。

说到这里我想起来，虽然完全不是什么值得骄傲的事情，我叫由利乃"过来"，它从来都不会理我。

对着它喊"由利乃！"，它也假装听不懂。

不知道是什么原因，可鲁也是这样的。

难不成到了我家，狗狗就会变得迟钝吗？

由利乃一直在上幼儿园，可是就连最基本的通过叫声来回答都成问题。

我有在家里努力教它，但是毫无成果。

不过，有几个词由利乃知道。

其中一个是"肉干"。

在新雪谷的时候，我把虾夷鹿的肉干当作点心喂给它吃了许多，没想到它一下子就喜欢上了，它以为所有"好吃的东西"都叫"肉干"。

只要我喊一声"肉干"，它一溜烟地就跑过来了，说出来有点儿不好意思——我想要它过来的时候说的不是"过来"而是"肉干"。

所以，我摔了个大跟头，牵引绳也松开了，只能用这句话把它叫回来了。

我忍着痛爬起来，让自己冷静下来，不慌不忙地用丹田之力大喊了一声。

"肉——干—！！！"

好在它记得"肉干"这个词。得救了。

由利乃没有受伤，我真是松了一口气。

我发誓，再也不跟由利乃玩什么你追我跑了。

我已经不年轻了。

不过，看完世界田径锦标赛以后，从夏天开始我就一直很好奇一件事，如果双方都全力比拼的话，由利乃和博尔特，究竟谁更快呢？

我肯定跑不过由利乃，但是博尔特的话，是不是能赢过由利乃呢？

对了，除"肉干"以外，由利乃还记住了另外一个词。

只要喊一声"可鲁！"由利乃就会以为可鲁来了，眼睛突然变成爱心形状，高兴地在家里蹦来蹦去。

但是当它发现自己被骗了，它那一脸心如死灰的样子太可怜了，所以不能常使用这个绝招。

因此，每当有紧急情况发生，我也不顾不上什么羞耻心和脸面了，我会毫不犹豫地大喊一声"肉干"。

为什么会发生这么倒霉的事情呢？

11月14日

《周二的裙子》

大功告成啦!

我担任翻译的绘本,叫《周二的裙子》。
是一本出版于美国的原标题叫作"*I had a favorite dress*"的书。
据说原作者波妮,是为自己的女儿莉莉——一个拥有很多自己喜爱的小裙子的女孩,画的这本书。
主人公是个特别喜欢打扮的、十分可爱的女孩子。
然而有一天,她最喜欢的裙子再也不能穿了。

正当她难过的时候，妈妈灵机一动，把裙子接连做成了别的东西。

一句很关键的话——"逆向思维"。

在原作里面是：

Don't make mountains out of molehills.

Make molehills out of mountains.

小女孩的心情，不难理解。

曾经那么喜欢的衣服，自己长大以后就再也穿不了了，真是一件悲伤的事情。

然而，主人公的妈妈，并没有放弃这些裙子，而是发挥聪明才智，把裙子不断做成了别的东西。

而这些东西，小女孩全部都喜欢得不得了。

出自茱莉亚（作者之一）笔下的画十分精美，于是有了这本可爱的绘本。

请各位务必一读！

能够有机会参与这样的工作，真的非常幸福。

不过，有一点让我很在意。

这个绘本，很难想象"父亲"的存在。

不光这个绘本，前几天试映会看的《小王子》也是，"父亲"的存在感特别稀薄。

《周二的裙子》里根本没有提到有关父亲的一切，《小王子》电影版的设定也是主人公和离婚后的母亲两个人生活，几乎完全没有涉及父亲的内容。

我想莫非在很遥远很遥远的将来，父亲这种角色也会消失不见？

先不讨论这是一件好事还是坏事。如果母亲生活在一个能够经济上独立抚养小孩的环境中，家里就不再需要父亲的存在了吗？父亲所起的作用仅仅是"播种"，剩下的抚育孩子的工作交给母亲，这给我一种越来越接近动物世界的感觉。

男人听了可能会难过，但是我觉得似乎是这么一回事。

顺带一提，我有幸在《小王子》电影的宣传小册子里写了一段文字。

《小王子》，我都不记得至今读了多少次了。

如果只能带一本书去无人岛的话，我会毫不犹豫地选择《小王子》。

不管读几次，都会有新的发现，越读越会产生一种不可思议的感觉。

现在最喜欢的是玫瑰花复杂的心境。

她没有办法率直地对小王子说出"喜欢"两个字，说些刁难的话，给他出难题，那个坏心眼的样子让我觉得很可爱。

高傲，却爱撒娇。小王子被这样的玫瑰花弄得团团转，但其实她十分深情，发自内心地爱着小王子。

《小王子》电影版讲的是小王子后来的故事。

这是一部非常好的电影，我希望这部电影能被更多的大人和小孩看到。

葡萄干黄油夹心饼干，差不多快要研制成功了。

诀窍是，把莎布蕾的面团弄得薄一点烤出来。中间的葡萄干黄油要满满的，多放一些。

莎布蕾和葡萄干黄油可以在空闲的时候分别制作好，并且可以放得久一些，非常适合作为手工点心赠送给其他人。

11月19日

《这样就很幸福了》

新书做好了!

和我平时写的小说不同,这次是我日常生活的合集。

是有关我平日里珍视的人或物,以及时间的一本书。

标题是《这样就很幸福了》(讲谈社)。

由利乃还"暗度陈仓"地上了封面。

请大家务必在书店找来读一读!

四十岁以后,我便开始用减法去思考人生。

在那之前，我总是在做加法，这个也想要，那个也想要，哪儿都想去……满足欲望便是我曾经的人生乐趣。

然而当我察觉的时候，不管是物质上还是精神上，我承担和背负了很多对自己不必要的东西。最终，自己痛苦不已。

所以，我认真地思考究竟什么才是真正必要的，那些不必要的东西我选择放手。

这也成了我生活的准则。

经过一番实践之后，我把那些我保留下来、真心认为是对我这一生都至关重要的东西写进了这本书里。

我理想的生活方式是，像游牧民族那样生活。

只带上每天生活的必需品，踏上旅途，在马背上生活。

为此，知足这件事是不可缺少的。

如果无法在欲望膨胀时刹住车，最后痛苦的只会是自己。

所以，能够给自己画一条线——"到这里就足够了"，反而可以变得格外轻松。

另外，清楚地知道自己喜欢什么、讨厌什么也很重要。

明白了这一点之后，便能够以自己最舒适的方式对待周围的事物，愉快地生活。

于我而言，我不需要私家车，不需要手机。

摆脱这些东西，让我一身轻松。

我想这样的标准是因人而异的。我希望通过分享我的生活，为其他人抛砖引玉。

用这个季节来举例的话，我第一个能想到的我不需要的东西，是日历。

为什么那么多人都喜欢制作日历送给其他人呢？

如果是把自己挑选、自己喜欢的设计风格的日历挂在自己家里，我倒是能够理解。

但是从各种各样的人那里收到那么多日历，真的让我不知道怎么办才好。

我觉得做出别人不需要的东西，完全就是一种浪费。

难不成其他人的家里，都放了那么多日历吗？

而且如果是当面送给我的，至少我还能有礼貌地婉拒对方，但如果是直接邮寄过来的，连拒绝的机会都没有。

也许有人会觉得不过是日历而已，这也太小题大做了吧。但是我认为只要给自己定下不要多余的东西这条规定，就可以大量减少不必要的物品。

而且就一般情况而言，日本人的家明明很狭小，却堆满了各种东西。

接下来随着年龄的增加，我希望继续减少自己拥有的物品。

这样一来，最后留在身边的是我真正留恋、真正喜爱的物和人，就让他们陪伴着我迎接人生的终点。

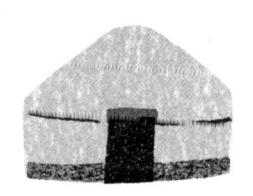

11月30日

纪念照

周末，我去了一趟照相馆。

拍照的主角是可鲁和由利乃。

加上双方的亲属(人和狗)，一共四只狗和四个人一起拍摄。

在照相馆拍照的经历，在我的人生中屈指可数。

上一次是在姐姐婚礼的时候，顺便和企鹅拍的二人照。那已经是祖母生前的事了，大概都过了三十年了。

如今这个时代，在家也能随手把照片拍了。但恰恰是因为这样，所以我决定把大家难得地聚集在照相馆里拍照。

这样的记忆更深刻。

原本是把由利乃作为可鲁的新娘接到我家的，还做好了迎接它们的孩子的准备。

但是，这两只关系倒是不错，雄性和雌性的吸引力却不够，由利乃身体也没有那么结实，所以这个秋天我带它去做了绝育手术。

后来我才知道由利乃是过敏体质，果然没让它们两只之间生下小孩是正确的。

不过难得两家人之间因为缘分而相识，我们决定做件什么有纪念意义的事情。

名义上，算是可鲁和由利乃的婚礼。

可鲁家这边，有它的主人、主人的女儿、可鲁的姐姐（贵宾犬）和哥哥（博美）。

对由利乃而言，是一场和婆婆、哥哥姐姐的摄影会。

碰巧附近的这家照相馆老板自己养了狗，并且也在从事狗狗摄影，于是我们定在了这里。

我自己也会给狗狗拍照，所以我知道给狗狗拍照是很难的一件事情。

我们几个人倒不用管，要想让它们四小只的视线都聚集在一个地方，恐怕有点儿难。

结果没想到，专业人士就是不一样。

照相机那一边站了三个人，又是摇铃铛又是吹笛子，使出了各种各样的招式吸引狗狗的注意。

同时，当狗狗露出恰到好处的表情时，只听见几声咔嗒、咔嗒。

摄影师深谙逗狗之诀窍。

和过去不同，现在都是数码摄影，当场就能看到拍下来的照片。

感觉拍得特别好。

一开始本来只打算拍一张四个人加四只狗的集体照，但是难得来一次照相馆，我们决定拍一张只有我、企鹅、可鲁和由利乃的照片。

可鲁就由我抱在怀里，企鹅抱着由利乃。

不光这次，我在家里面给它们拍照的时候也是，可鲁非常有镜头感，会露出一种昭和时期的男演员的表情。

相比之下，由利乃表情呆呆的，没过多久就会变得不耐烦。

真不知道这孩子像谁，总是动不动就厌烦了。

结束后，大家一起来到了附近的咖啡店喝东西。

晚上把狗狗放回各自家里之后，我们三个成年人去品尝了台湾料理。

真是为狗狗操碎了心、转瞬即逝的一天。

但我很高兴通过狗狗结缘而认识了新朋友。

多亏了可鲁和由利乃，我的世界变得更开阔了。

下个月可鲁也要去做绝育手术，但我希望之后可鲁也能作为我家的宝贝女婿继续来玩。

为今天准备的配对的蝴蝶结特别适合它俩。

偶尔梳妆打扮一番去照相馆拍个纪念照，也挺不错的。

12月6日

拉脱维亚之夜

造访拉脱维亚，已经是将近半年前的事情了。

当时人们刚刚欢庆过夏至的来临，阳光金灿灿地照在了小镇和人们的身上。

但是我想现在一定和当时的景色截然不同。

虽然我知道一定很寒冷，但是我也希望有一天能去游览冬天的拉脱维亚。

现在想起在拉脱维亚度过的时光，我依然会忍不住沉醉起来。

那之后我似乎彻底迷上了拉脱维亚，会不停地想很多关于拉脱维亚的事情。

说起来我为什么去了拉脱维亚，是为了编故事。

为了取材，去了拉脱维亚。

现在想起来，真是一场命运的邂逅。

和我一起旅行的是插画家平泽真理子和编辑森下。

对我来说，那是一段无比奢侈、像梦一般的时间。

当时的游记，刊登在了最新一期的 *MOE* 上面。

并且从明年开始，每隔一月将会连载一个以拉脱维亚为舞台的故事。

担任插画师的是平泽真理子。

能够和最喜欢的插画师共事，真是太幸运了。

因此，拉脱维亚之行的成员聚在一起，庆祝故事开篇而举行了"拉脱维亚之夜"。

我把在拉脱维亚时别人送我的蜡烛点亮。

还做了一些拉脱维亚风的料理。

本来我很想做黑面包，但是还在尝试阶段，所以这次改成农夫面包。里面是核桃、葡萄干、无花果干。

前菜是蓝芝士、苹果和核桃。

汤里放了斯佩耳特小麦和大麦，小扁豆和鹰嘴豆碎，味道十分温和。

接着是菠菜和牡蛎的法式焗菜。

然后是意大利土豆团子。

主菜是低温好好地烤了之后，再用余热烤熟的盐味烤猪。

配菜是卷心菜沙拉。

甜点是真理子作为伴手礼带来的 Au Bon Vieux Temps 的蛋糕。

我一直都想要写一本里面有很多插画的书，所以听到这次的企划的时候，我高兴得都要跳起来了。

我现在已经开始期待最后的成品了。

如果各位读者能读一读我写的游记，感受一下拉脱维亚的世界，我会非常开心。

明年连载开始的时候，也请一定要读一读。

故事的标题最终定为了《手·套》。

手套,指的是拉脱维亚自古以来传承的手套,对拉脱维亚人而言是非常重要的东西。

换言之,手套是拉脱维亚人的骄傲,是他们的灵魂。

除了作为寒冷季节的防寒用具,男性也会把手套作为打扮自己的装饰品夹在腰带上,用途很广。

故事正是围绕手套展开的。

不过话说回来,现在的我,突然明白当马是什么感觉了。

背上驮着编辑森下,英姿飒爽地奔跑在草原上。大概就是这样的画面。

马无法自己决定前进的道路。

不让任何人骑,想怎么跑就怎么跑,最终会因为暴走而毁灭。也许在少数情况下,也有那些可以自己奔跑的马,但是我需要一个能够从不同角度给我提出明确指示的编辑。

彼此意气相投,感觉越变越好,就会想要奔驰到更远的地方去。

并且我也希望让骑在背上手握缰绳的人,看到更多更美的景色。

仅仅是因为这样,马也愿意跑得更远。

并且,只靠马(写的人)或者只靠人(编辑)怎么也到不了的地方,在彼此的配合下,齐心协力便能走到那个地方去。

一点儿也不会觉得痛苦。

这就是我心里面所理解的作家和编辑。

只要一心同体,便能超越自己一个人的能力。

我在这次的作品里,无比强烈地感受到了成为马的喜悦。

12月10日

一周

上周周四凌晨，S氏去世了。

我受到了他很多照顾，有好多感谢的话想对他说，怎么感谢都不够。

说来很惭愧，受到了别人那么多照顾，最近却几乎没有怎么见过面。

以前他经常来我家吃饭。

从东京的那头大老远跑到这头，回家的时候每次都是深夜，只能叫一辆出租车。

像是我的亲人一般，为我的作家生涯打气。

脸上总是挂着和善的笑容，不管是谁，他都用一视同仁的态度去接待。

人脉特别广，他就像哆啦Ａ梦的万能口袋一样，能把不认识的两个人联系起来。

最近几年，他经常在海外飞来飞去。

也因此帮了很多人的大忙。

但也许是身体积攒了太多疲劳。

马上就快满五十岁了，结果却遗憾地走了。

当我得知他去世的消息时，说实话我当时不太有真实感。

然而随着时间一天一天地过去，回忆起Ｓ氏对我说过的话，一想到再也见不到他了，我就忽然变得很难过，眼泪跟着就来了。

一周前，Ｓ氏意外去世，守夜仪式、葬礼相继举行，Ｓ氏的遗体也已经被送去火葬。

这个人头脑特别聪明，一个人承担了很多工作，但有的时候又有点儿爱犯糊涂。

我从很远的地方看着他，都忍不住替他担心。

应该说他活得太匆忙了一些吗？

"人这种东西，没想到还挺容易就会死掉。"我的脑海里突然浮现出半开玩笑地说出这句话的Ｓ氏的样子。

我想对于他的死最吃惊的人，也许是Ｓ氏本人。

命运这种东西，真的说不清楚。

不管情况有多么危急，有的人在千钧一发之际还是被救下了，而有的人不知道怎的就丢了性命。

因为发生了这件事，所以昨天上午早早地接到电话时，我的身体下意识地做出了反应，我预感这不是什么好消息。

然而，我错了。

我从电话里得知，我每个月都在援助的缅甸的女孩子，前几天结婚了。

她年满十七岁了。

虽然没有直接见过面，但偶尔会交换书信。

听说她结婚了,所以不需要援助了。

算下来一共七年的时间,我每个月都给她寄了钱。

虽然我不知道我给她的人生做出了多大的贡献,但是我很高兴她能够顺利地遇见人生的伴侣。

我从她那里收到的最后一封信,是她寄给我的生日贺卡。

我过去一直有一种在和小女孩对话的感觉,但是现在她已经是大人了。

下个月,我又将开始支援其他女孩。

原来一周是那么漫长啊!

S氏此刻是不是正在天国吃着鳗鱼呢?

12月17日

收尾的汤

今年也收到了"鲜活的礼物"。

虽然我已经拒绝过了,但是住在伊势的亲戚还是给我寄来了伊势龙虾和蝾螺。

唉,蝾螺还好办,伊势龙虾就太……

既然是鲜活的礼物,当然都是活着的。

当然,不管是猪是牛还是鸡,生命的重量都是相等的,但是把菜刀一下插进活着的伊势龙虾体内,会让我有一种特别沉重的心情。

伊势龙虾拥有一种普通的肉畜或者鱼所没有的奇特的

魄力。

去年也是，前年也是，我被弄得特别狼狈。

每当这种时候，企鹅就一点儿用场都派不上。

热心地给我拖后腿的事情倒是有，只知道在那儿一个劲儿地尖叫，最后了结伊势龙虾的还是我。

我再也不想把菜刀插进伊势龙虾体内了。

话虽如此，我也总不能再去海里放生，作为宠物养在家里也不现实，结果还是只有吃掉。

因此，今年决定一整只蒸来吃。

这样一来，就不需要用到菜刀了。

一打开箱子，里面的伊势龙虾仿佛在哀鸣。

非常大的两只龙虾。

蜷着身体在箱子里面暴走，气势惊人，几乎快要蹦出去了。

我带上劳保手套，把它们移到了蒸锅上。

不把盖子按住它们恐怕会跳出来，所以我把这个差事交给了企鹅。

随着温度逐渐升高,伊势龙虾挣扎了起来。

龙虾试图顶开盖子,从锅里出来。

企鹅一边说好可怕好可怕,一边拼命地按着锅盖。

我当时心想,如果让小学生在学校课堂上烹饪活的伊势龙虾的话,孩子们一定再也不会浪费食物了。

在蒸锅里的两只伊势龙虾,身体(壳)变红了,我心想它们是不是已经成佛了?结果仔细一看它们的身体还在挣扎地蠕动着。

临终前的最后时刻。

还好蒸锅的盖子是透明的。

对不起,对不起。我在心里拼命地向伊势龙虾道歉。

如果蒸太熟的话,味道就没那么好吃了,没有挣扎之后,很快便关火。

用余热蒸一会儿,把壳切开,取出肉。

头部取出了大量绵密的虾脑,和酱油搅拌在一起,用来蘸虾肉吃。

味道好极了。

在至今为止的所有做法里面，这次是最美味的。

采用这种方法，不需要使用菜刀，不会有任何浪费。

早知道以前都蒸来吃不就好了吗？

所以我想了想，还是希望明年也能收到伊势龙虾。

今天用虾壳熬了高汤。

先用水把虾壳咕嘟咕嘟地煮一煮，等熬出虾味之后取出壳，接着放入蔬菜。

这次我放了冰箱里剩下的大葱和白萝卜，还有土豆。

蔬菜煮软之后关火，再加以搅拌。

最后，加入黄油、盐和白味噌调味，便完成了。

这就是收尾的汤。

伊势龙虾的壳能做出上好的高汤，不拿来做海鲜汤太可惜了。

好久没有做出这么美味的汤了。

这样能够一点儿不浪费地把伊势龙虾和蔬菜吃掉，心情也特别好。

而蝾螺则做成了蝾螺蒸饭，同样非常美味。

12月25日

香橙

冬至刚过,圣诞节就来了。

今年我最喜欢的烤制点心店的人休产假了,这次吃不到每年惯有的德式圣诞面包史多伦了。

史多伦被切得越来越薄,离圣诞夜就越来越近,每年我都是在这种期待中度过的,结果今年吃不到,似乎圣诞节的气氛也没有那么浓厚了。

今天是圣诞节,大晴天。

昨天带着由利乃在附近散步,结果发现梅花的花蕾已经饱满了。

零零星星，像女儿节的日式点心雏霰似的。比起盛开的花朵，我更喜欢梅花的花蕾。

一到这个季节，我就会收到很多别人送的香橙。

附近人家的院子里结了香橙的果实，院子的主人说让我拿些去，看了一眼我就忍不住带了一些回家。

如果要用香橙皮，那就把香橙包在湿手帕里，再放进塑料袋保存，香橙皮可以一直都很紧致，存放很久都没有问题。

如果不包在湿手帕里，直接裹上保鲜膜的话，香橙皮会从刀的切口那里开始坏掉，很快就变得软软的。

以前我会做很多用来泡柚子香橙茶的柚子香橙果酱。

但是我家里现在还有各种各样的果酱没吃完，所以没有必要再做香橙果酱了。

正当我烦恼该如何处理这么多香橙的时候，我遇到了一位用极其跨时代的方法去消化香橙的人。

从他那儿得知的方法是，先把香橙对半切开，把籽取出来，剩下的就直接用微甜的白糖水稍微煮一下。

我迫不及待地尝试了一下。

香橙籽的数量之多，总是让我震惊。

把香橙切开一看，里面塞满了籽。

以前我会先把皮和肉分离，再把皮切成细丝，一弄就是大半天。

但是用这个方法的话，一瞬间就搞定了。

用非常稀的白糖水煮，我往里面放了一些丁香。

用小火煮一会儿，很快香橙就呈现出很通透的颜色。

煮太久的话，形状也会散掉，所以我看着差不多了就把火关掉了。

最后再加入少许白兰地。

加上一些蜂蜜，再加入热水冲泡，就做好了一杯相当不错的香橙茶了。

如果用这个方法的话，不需要太勉强自己也能做出来。

取出来的大量的籽，可以做成化妆水。

在籽里面加入水即可,种子周围的滋润保湿成分,会滋润我们的肌肤,让人感觉非常舒服。

如果条件允许的话,我很想把全身都泡在这个香橙水里面。

我太喜欢香橙了。

光是有香橙,冬天一下子就变得快乐起来了。

由利乃也给我送上了圣诞祝福!!!

请各位度过一个美妙的夜晚。

12月31日

开朗地、健康地

伊达卷[1]临时营业小屋,顺利结业。

去年感冒了,什么年菜都没有做。

今年的话,有一部分原因是年末去了外地,所以年菜的规模非常小。

但还是保证了最基本的三道菜。

每次做出来的第一根伊达卷,都让我有点儿不忍直视。

---

1. 日本正月新年的一种糕点。

也不能怪我不得要领,毕竟这道料理一年才做一次。

鸡蛋烧的模具基本上一年也只会登场亮相一次,彼此没有磨合的机会。

所以,每年做出来的第一根伊达卷都是自家用的。而今年做出来的第一根,完全就是阪神虎[1]。

不过,在做第二根、第三根的时候,慢慢地鸡蛋烧的模具用顺手了,我也开始掌握诀窍,最后可以烤出不错的成品来。

第二根,勉强过关。第三根,完美。第四根,大师级别的成色。

我开始有些上瘾,干脆就这样一边做伊达卷一边迎新年好了。

要是真的一直烤到明年,家里的伊达卷可能会堆得像小山一样高。

当然了,做那么多也吃不完,今年我做到第四根的时候便收手了。

---

1. 阪神虎队标识为黄底黑斑虎头,此处疑应指烤出的伊达卷像有老虎斑纹,略微烤焦了。——编者注

为了明年的这个时候，我把制作用具都洗干净了。

顺便为大家介绍一下，伊达卷的制作顺序大概是这样的——

把所有材料在搅拌机里拌匀之后，将蛋液倒入鸡蛋烧的模具里，开小火。

做一根需要五个鸡蛋。

煎至金黄之后，就这样先移到盘子里。

再在盘子里翻个面，放回鸡蛋烧的模具里把另一面也烤一下。

即使冒出气泡，凹凸不平，也不要嫌弃……

把最开始烤的那一面往里卷，卷好以后，用橡皮筋固定。

黑豆，是我今年在京都的锦市场买回来的、滋贺县产的特大葡萄豆。

另外把五真米和醋章鱼做好，就完成了。

这下就能舒舒服服地迎新年了。

对我自己而言，今年的头号新闻，毋庸置疑是与拉脱维亚的邂逅。

从明年开始，《手·套》的连载终于要开始了，拉脱维亚和我的距离还会继续拉近。

说到这里我想提一下拉脱维亚，拉脱维亚有"十得"，是拉脱维亚的人在人生中非常重视的十件事情。

值得注意的是，"十得"并非在告诫大家"不可以"做什么事情，而是在呼吁大家一起来做一些事情。

如果写成"不可以……"这样的戒律，人的心中便会滋生出想要去打破戒律的邪念。据说在拉脱维亚的自然崇拜中没有戒律这样的东西。

"十得"是有关"正义""贡献""勤勉""友爱""欢乐"等内容的，让我用日语来解释的话，大概是这样的：

本着正确的心，和邻人友好相处，为了他人奉献，认真快乐地工作，认清自己的本分，清廉而美丽，怀着感恩的心，开朗大度，慷慨援助，尊敬对方。

不管是哪一条，在人生中都是非常重要的。

所以，我明年的目标是开朗地、健康地，用珍惜每一天的态度去生活。

今年我感觉自己这一年似乎过得十分平静、美好。

明年为了能够在关键时刻,拿得出力气奋力一搏,平时要注意不让自己神经绷得太紧,在生活中保持"柔软"的身心。

总之,健康才是最重要的。

时间差不多了,接下来把给可鲁家的年菜寄出去,和企鹅、由利乃一起,出趟远门去看除夕的富士山。

这段时间,把家里的扫除工作交给扫地机器人,回来之后就吃晚餐。

今晚,是天妇罗。

最后收尾的当然是荞麦面。

啊,对了。去散步的时候,一定不能忘了在药房买放进鞋子里的暖宝宝和屠苏散。

正月里我计划着看事先录好的NHK的《新·映像的世纪》。

前段时间大略地看了一下第一集,拍得特别好。

另外，听说记者安田纯平平安得救了，我松了一口气。

祝各位迎来一个好年。

希望明年变得更加和平。

出门买蛋去

TAMAGO WO KAINI by Ito Ogawa
Copyright © Ito Ogawa 2018
All rights reserved.
Original Japanese edition published by Gentosha Publishing Inc.

This Simplified Chinese and English bilingual edition is published by arrangement with
Gentosha Publishing Inc., Tokyo in care of Tuttle-Mori Agency, Inc., Tokyo
through Pace Agency Ltd., Jiang Su Province.

© 中南博集天卷文化传媒有限公司。本书版权受法律保护。未经权利人许可，任何人不得以任何方式使用本书包括正文、插图、封面、版式等任何部分内容，违者将受到法律制裁。

著作权合同登记号：图字 18-2021-49

图书在版编目（CIP）数据

出门买蛋去 /（日）小川糸著；李诺译 . -- 长沙：湖南文艺出版社，2021.5
　ISBN 978-7-5726-0123-1

Ⅰ. ①出… Ⅱ. ①小… ②李… Ⅲ. ①散文集－日本－现代　Ⅳ. ①I313.65

中国版本图书馆 CIP 数据核字（2021）第 057743 号

上架建议：畅销・日本文学

CHU MEN MAI DAN QU
出门买蛋去

作　　者：［日］小川糸
译　　者：李　诺
出 版 人：曾赛丰
责任编辑：匡杨乐
监　　制：邢越超
策划编辑：李彩萍
特约编辑：万江寒
版权支持：金　哲
营销支持：文刀刀　杨秋怡
封面设计：梁秋晨
版式设计：李　洁
封面插图：［日］芳　野
出　　版：湖南文艺出版社
　　　　　（长沙市雨花区东二环一段 508 号　邮编：410014）
网　　址：www.hnwy.net
印　　刷：三河市中晟雅豪印务有限公司
经　　销：新华书店
开　　本：875mm × 1270mm　1/32
字　　数：139 千字
印　　张：9
版　　次：2021 年 5 月第 1 版
印　　次：2021 年 5 月第 1 次印刷
书　　号：ISBN 978-7-5726-0123-1
定　　价：49.80 元

若有质量问题，请致电质量监督电话：010-59096394
团购电话：010-59320018